爱随流水一谿云

大家
讲述

钱君匋 著

别出心裁

钟桂松 编

上海三联书店

目录

收藏的喜悦　　　　　　　　　　　003

不能辜负爱上刻印的这一生　　　　037

篆刻的古往今来　　　　　　　　　063

篆刻的艺术风景　　　　　　　　　087

鲁迅的指引　　　　　　　　　　　109

封面设计不是随便画的　　　　　　127

封面设计要有书卷气　　　　　　　149

创新，就先别出心裁　　　　　　　161

因书而宜，别致而佳妙　　　　　　175

愈简愈有容量　　　　　　　　　　189

附录：钱君匋自传　　　　　　　　201

海宁钱氏

垂杨村里是我乡

收藏的喜悦

收藏的初心

我生在一个赤贫的人家，高小毕业，即出任乡村小学教师，身兼校长、教师、工友三职；月薪银洋六元，其实是十元，当中四元为派我去的学务委员侵吞了。过了一年，父亲听我的老师钱作民先生的劝说，忍痛借债送我到上海艺术师范学校读书，从吴梦非、丰子恺老师学西方美术，从刘质平老师学西方音乐。后来靠音乐结识了开明书店创始人章锡琛先生，承他邀请我到开明书店担任音乐美术编辑；靠美术——书籍装帧，我又从那时开始在上海出版界和新文学界站稳了脚。年方二十的我，成为当时的大作家鲁迅、茅盾、郭沫若、巴金、陈望道、郑振铎、叶圣陶、胡愈之等人的朋友，在他们的扶植下，我的名字在新文学界和读者中不胫而走，成为他们所熟悉的人物而获得了一些虚名。

　　美术和音乐，我学的都是西方的，这两种艺术当然还有东方的，即我国自己的美术和音乐。我仅仅学得了西方的，不去钻研我国自己的，恐怕不够全面，悟到这一点，我就反过来学习中国绘画、书法和篆刻，以及中国音乐。在研究过程中，渐渐觉得我们中国的绘画和音乐并不比西方的差，甚而过之，为什么大家都热衷于西方的呢？我就发奋致力于中国绘画、书法和篆刻。一个人的精力有限，不可能件件都抓在手中，在这种情况下，就放弃了音乐，专门研究中国的绘画、书法和篆刻，我要在东方艺术中做出较满意的成绩来。学习绘画如果只靠阅读珂罗版画册是不够的，还应从名师学习，在旧时代从名师必须付出巨额的经济代价，而我是贫家子弟，没有那么多钱去从师学业，只能徘徊在珂罗版画册之间。往后经济稍宽，仍不拜师，却四出求同时代的书画家写些画些，一旦求得，再付出一些装裱费用，就可悬诸室内，时刻观摩，作为学习和借鉴，这比从一位名师所接触的面要广泛得多，受益亦多。因此从那时起，我陆续求得了孙增禄、徐菊庵、朱梦仙、陈焕卿等同里书画家的手迹，再扩大到外地的于右任、谭延闿、谭泽闿、马公愚以及张大千、李苦禅、潘天寿、沙孟海、张阆声等的手迹。从这些手迹中我在书法上学到了波磔抵送等方法，在绘画上学到了用笔用墨、渲染设色的技巧。从学习同时代许多书画家的手迹中，我得以在绘画、书法上大开眼界，大幅度提高了一步。看了手迹，懂得书法以何者为上，绘画以何者为贵，较之拜师受益更多。我无师刻苦钻研，篆刻也是同样学习，到了70年代，我退休以后，才把书画篆刻推出来与世人见面，但磨砺的时期却花了几十年。至此，我在书籍装帧之外，又树立了篆刻、书法、绘画这三方面的声誉和地位。

《学画、买画、失画、还画、献画》

时雨光万物

30年代，余得《共产党宣言》最早译者陈望道先生之介，识国民党元老、大书法家于右任先生于其沪之行署。十九路军抗日战争结束不久，某日，于老约望道先生与余，同车至吴淞一带战场巡视，归即留余等小酌。三人饮醑，余乞右任先生手书巨联，承即席挥就《时雨光万物，大云庇九州》及《险艰自得力，金石不随波》两楹帖相赠。但觉所书笔墨飞舞，大气磅礴，不可一世。其后至解放前，陆续书惠者颇多，均属于老得意之笔，余珍之藏之，视为瑰宝。1949年后，望道先生与余仍居上海，于老则往台北，临殁，遗言须葬于大陆。其爱国之忱，可以概见。

《与君一别十三年》

清风不孤劭，嘉树有余荫

1931年的秋天，于右任先生要我为他刻两方印。不久我刻好送去。他正在为人写字，地上已铺满了好多对联，真是雄健奇崛，

時雨光萬物

君匋先生

法家正之

大雲庇九州

于右任

钱君匋收藏的于右任作品

气象万千。

他稍一停笔，我就把印递过去。他一面提着巨颖，一面接在手里端详，说："这两方印我都满意，高兴极了，谢谢你的奏刀！今天是不是也要我写几件？待我写完了再聊天吧。"接着又挥动巨颖，笔风墨雨、气撼山河地大书特书。右任先生已问过我要否也写两件，这真使我求之不得，我就把宣纸凑上去。一件是横额《思源堂》，用我父亲的上款；一件是对联，用我自己的上款。他为我写得认真，句子也选得好："清风不孤劲，嘉树有余荫。"这两句是含有颂扬的意思的，我当然非常满意。

《"于右任书法展"感怀》

得字欣喜

又过了几年，我在上海开明书店工作，不久硖石的宋云彬兄也进了开明，大家都是同乡，彼此之间自然很谈得来。有一个偶然的机会，我问他，与张阆声先生相熟吗？云彬说当然很熟，反问我有什么事。我就直说想托他代向阆老求书一副对联，不知能否满足我的要求。云彬说这很容易，我去办就是。不到半个月后，果然一副行书七言联送来了，我自然感谢阆老的慷慨赠与和云彬的办事迅捷利落。我得到了这副对联时的神情非常兴奋，如获至宝，晚上酒也增加了半斤。可惜在"八·一三"日寇的魔爪侵略到我的老家屠甸时，我一家都赤手空拳转移到皖湘等地，留下的这个家，被敌人糟蹋得不成样子，连阆老、于右任先生所书的对联也不放过，跟其他的细软一股脑儿被烧毁或掠走了。

《我和张阆声先生》

故乡无限好，只是久留难

以印换心仪的字

一直到 60 年代前期，西泠印社做 60 周年纪念，始在会上见到了张阆声先生，他身体魁梧，精神饱满，言谈诙谐，平易近人。一谈到我的刻印，就毫不客气地要我为他刻两方，彼此都心照不宣，我欣然从命，他说也不致刻润，只能写字交换。我正为以前所求的对联已被日寇毁掉，极想请他再写，他却先提出来要为我写字，真是使我高兴极了。第二天到会，就把纸送给他，是一副楹帖、四幅屏条。会议还没有结束，我为他刻的两方章已经刻就，带去缴卷，而他也在这个时候，从他的文件包中取出一叠纸来交给我，一看，是一副楹帖和四幅屏条，瘦硬的董字飞舞在纸上。他看了我刻印的拓本，也在叫绝，互相欣赏着，连旁观者都笑了，说我们都像小孩，得到了心爱的东西而在互相争论，互相掠夺！这份童心感染了会上许多人，我们自己当然陶醉在其中了。

《我和张阆声先生》

在看手迹中提高

在旧时代从名师必须付出巨额的经济代价，而我是贫家子弟，没有那么多钱去从师学业，只能徘徊在珂罗版画册之间。往后经济稍宽，仍不拜师，却四出求同时代的书画家写些画些，一旦求得，再付出一些装裱费用，就可悬诸室内，时刻观摩，作为学习和借鉴，这比从一位名师所接触的面要广泛得多，受益亦多。因此从那时起，我陆续求得了孙增禄、徐菊庵、朱梦仙、陈焕卿等同里书画家的手迹，再扩大到外地的于右任、谭延闿、谭泽闿、马公愚以及张大千、李苦禅、潘天寿、沙孟海、张阆声等的手迹。从这些手迹中我在书法上学到了波磔抵送等方法，在绘画上学到了用笔用墨、渲染设色的技巧。从学习同时代许多书画家的手迹中，我得以在绘画、书法上大开眼界，大幅度提高了一步。看了手迹，懂得书法以何者为上，绘画以何者为贵，较之拜师受益更多。我无师刻苦钻研，篆刻也是同样学习，到了70年代，我退休以后，才把书画篆刻推出来与世人见面，但磨砺的时期却花了几十年。至此，我在书籍装帧之外，又树立了篆刻、书法、绘画这三方面的声誉和地位。

《学画、买画、失画、还画、献画》

第一件快事：庚申重得

我煎熬在艰苦的岁月中，忽然乌云飞散了，说对被"抄家"的将落实政策，接着首先还到了存款和扣发的工资，又说还要发还文物，这个消息使我非常兴奋喜悦。待到真正发还的一天，我的兴奋比任何时刻来得强烈，携带了可以包装文物的破被单前去。固然由我的单位移交给上海博物馆的一批文物，首先还到了手，那时的心情真像母子重逢，喜悦得老泪纵横，其心情非文字所可形容！回到家里便急不及待地刻了"与君一别十三年"和"君匋庚申重得"一朱一白两方印，准备盖在久别重逢的书画文物上。文物回家的那天晚上，在阖家高兴之余，我又痛饮了五斤花雕，为有生以来第一件快事。

《学画、买画、失画、还画、献画》

曾经珍护

我对书画篆刻爱之若命，凡书画篆刻作品一到我的手中，总要请名裱家装裱一新，篆刻作品则用锦匣储存，使之完好无损，增加欣赏时的愉快和兴趣。我请友人刻过一方《曾经钱君匋珍护》的印，表达了我对收藏的书画要使它完整无损的意思。但是可诅咒的1966年9月2日不幸的时刻终于到来了。这天的黑夜，"红卫兵"数十人蜂拥而至，闯入我家，说是为了搜查秘藏的金银财宝。几小时过后，他们认为可疑的地方都挖撬遍了，结果徒劳手脚，白费辛苦！因为金银财宝早在8月24日被"勒令"全部交出，不再有剩余的，但这伙不速之客以为还有秘藏可以发掘。他们在失望之后，立刻分散到各层楼的房间中乱搜所藏的书画文物。因为没有专业知识，见了书画文物有如瞎子，一件也不知好坏，无奈，只好来求助于我，才把我从客厅里解放出来。接着就强迫我到藏书画文物的那间房里，胁迫我指出哪些是明、清的绝品，哪些是现代人的作品。我在威胁之下为了这些文物不致失散，便一一指给他们看了。他们就胡乱搬到客厅集中，装入原来的皮箱，也不给任何凭证，只是七手八脚向卡车上装。这时我不顾生死，大声疾呼，这些都是全人类的精神财富，谁也不能毁灭它、损坏它。带走是可以的，但必须保存好，如有破坏，就是天诛地灭死有余辜的人！结果他们来不及和我反驳，匆匆开车走了，只是说还没有抄完，明天再来。我的心到此已经碎了，突然晕厥过去。

《学画、买画、失画、还画、献画》

赵之谦印章得之，喝酒五斤

买赵之谦刻印一百多方，我完全不顾五寸厚的大雪，和友人从北京赶到天津，在劝业场看到这批印后，我便欲罢不能，但物主索价过高，使人难于接受，不得不快然而返。一直接触到这一年大除夕，才算谈妥代价而取得，那时我已经从北京回到上海度春节。在谈判中我的心随着它的代价一上一落，紧张的状态不可言喻，生怕被人出高价夺去；等到拍板了，虽然这批印还没寄到，我已情不自禁，在家饮酒的兴致上升，酒量随之而升到五斤；印一到手，立即邀请同好一起来欣赏观摩，大家沉浸在我得印的喜悦之中。

《学画、买画、失画、还画、献画》

赵之谦刻印辨伪

我所见到的赵之谦印有疑问的，可以分为四类：一、伪造的；二、真款假印面；三、假款真印面；四、赵之谦手书他人代刻的。

现在先谈伪造的。我在50年代，曾收得一方赵之谦刻的白文"燮咸长寿"，青田石，内右上角作不规则状，石高6.3公分，面纵横约2.8公分，款署内侧，真书四行："星甫属，扨叔作。"运刀挺拔流利，神采奕奕，与习见者石作六面方的不同。

"燮咸长寿"与朱文"星甫"为对印，"星甫"的石身内侧上端有凹处，虽非不规则状，然与前者有相近之处。"燮咸长寿"印款字颇挺拔流利，可信为真迹。六面方者印面"燮"字左边一"火"，其右脚末端不与"又"相连。真迹"又"字第一二两画之间的空隙，左窄而右渐宽，伪者其空隙左右相等，不分宽窄。"燮"与"咸"二字之间的距离真者较少，伪者较多。"咸"字左边一长撇，真者收笔处方而不减狭，伪者收笔处略呈尖形而稍细。"长"字第一笔转折处真者带圆味，伪者则作方形。其中的"止"，第三直的起笔与上面的横画距离极近，几乎相连，而伪者则距离颇多。据上述几点，可判定石身作六面方者为伪印无疑。

白文"餐经养年"，我所藏者为真迹，70年代曾见沈剑知藏有此印之伪者。沈在世之日，曾托人携来问我收否。我因已有真的，婉却未受，今不知其下落何处。

白文"小脉望馆"，原藏吴湖帆家，后吴赠与陈巨来。1973年，由学生吴子建之介，携来同样两方。其一为陈巨来仿刻，当然是属于伪品。这一真一假两印我都收下，巨来刻的当即转赠吴君。

白文"汉学居"亦有真伪两方，真者拓本遍见各谱，其边款刀刀见笔，游刃有余，看来神完气足，极似六朝造像题记。伪者以碎刀断断续续，堆砌成字，十分机械，不待验其印面，立可判定为伪作。此伪作今不知在何方。

白文"仁和魏锡曾稼孙之印"，亦有作伪。此印边款一面作阳文画格魏书，一面作阳文马戏图形。伪者仿刻，极尽心力，虽近真迹，但在运刀、字画的舒展、间距方面，终不免在识者眼前暴露作伪的痕迹。

朱文"赵"，诸谱习见者均为伪作。伪作的石身左上端里缺角斜形，印面略大于真迹，边款"悲庵拟汉碑额"，文伪刻伪。真者现藏赵之谦之外孙女叶崇德处，边款文曰："悲翁以六朝铸印式刻。"石甚矮，顶有兽钮。

第二，真款假印面。原作印面被后人磨去，留有真款，好事者为之补刻印面。如白文"北平陶燮咸印信"，各印谱习见的印面都不是原刻，相传是王褆补刻的。印面磨去后，石身略短，边款下端与石的边缘就没有距离了。这就可证明印面是磨去后补刻的，尽管印面模仿得与真迹极似，但其神韵终逊，明眼者一望而知其非原刻了。

第三，假款真印面。这一类比较多，传说清末民初有人以赵之谦自刻印十六方求售，以作者未署款而无人问津，乃由吴隐、叶铭等人起草边款文字，由钟以敬刻之印侧，再上市场，即为人收购而去。这批印全部收在《晚清四大家印谱》第二册中，共十六方。内白文九方，其中"会稽赵之谦印信长寿""赵之谦印"六方（内一方与朱文"长陵旧学"为两面印，后者不计数），加"赵之谦""谦顿首上""赵㧑叔"三方；朱文六方，为"赵""为五斗米折腰""长陵旧学"（不计数）"赵之谦印""之谦""臣之谦""赵孺卿"。伪款字迹竭力学赵之谦，但风格完全二致，板滞笨拙之感迫人，神韵全遁。

第四，赵之谦手书，他人代刻。这一类我认为不能作为伪作看待。古代有许多碑版，都是书家手写以后，由刻工镌刻而成，如"唐四家"颜、柳、欧、褚各帖即是，没有人认为是伪作，这一类手书代刻，仅次于真迹。其中白文"餐经养年"一印，印面及四面画格阳文魏书边款，顶端佛象，均为赵之谦手书手绘，由其弟子钱式代刻而成。白文"俯仰未能弭，寻念非但一"，及"如今是云散雪消，花残月缺"一对巨印，印面及八面画格阴文魏书边款，俱属赵氏手书。据傅栻之手拓的《二金蝶堂印谱》中在这两方印的拓本上手注："是两印㧑叔手篆，属钱少盖奏刀，乃刻未半，少盖遽卒，汪述庵少尹续成之，因列诸末。"可见当时的鉴家也认为是之真迹一等，没有视作赝品。另外还有朱文巨印"谤喜斋""攀古楼""郑庵"，也是赵之谦手书，他人代刻者，不能以伪印视之。

《赵之谦刻印辨伪》

永远的欣喜

记得距今三十年前，传闻天津有一批赵之谦所刻的印，其底细则略焉不详。因为我对赵氏刻印有偏好，当时颇想罗致，但是沪津相隔较远，无人为引，只得罢了。1952年盛夏，不意中在上海见到了这些印的一本没款谱，曾一度引起我对它早已淡忘了的罗致之念。到1955年6月，我因工作入京，与鉴家朱咏葵氏常作学术上的探讨。一次偶然谈到刻印，他告诉我这些印在天津的情况。我听了非常兴奋，很想立时一见。京津虽然近在咫尺，但是因为没有时间，无法去看。直至这一年的冬天，偶然得到一点闲暇，才和他同去天津。在一个雪天的窗前，把这些印细致地摩挲了一番。终因协议未成，废然而返。次年我又回到上海。此事我以为已经绝望，可是由于咏葵的不断努力，在除夕前数日出于意外地成功了。积久的愿望，一旦实现，真使我狂喜之极。

印的总数是一百零一钮，大半是青田石和寿山石，石质都是纯良的。其中有十六钮，作者没有署款，我不揣孤陋，断断续续在三年内为之补刻了。这些印部分曾见于清同治二年癸亥（1863年）前后傅栻（子式）所辑的四卷本《二金蝶堂印谱》，其后复见于清光绪十五年己丑（1889年）徐士恺（子静）所辑的八卷本《观自得斋印集》。编拓本书时，我把它删去了一部分，共存九十五钮。

《〈豫堂藏印甲集〉序言》

四年买得《红莲鸣蝉》归

　　齐白石的一幅四尺整张《红莲鸣蝉》，1949 年我经过北京，在琉璃厂一家画店中见到。这幅画悬挂在极显著的进门处，问价为一百元连框，我嫌价太高没有买。1950 年我又至北京，见此画仍旧挂在这家画店门前，我问价仍要一百元，不肯让一分一厘，我还是不肯下手。1951 年再去北京，见此画还是高悬着，仍旧要一百元，不能还价，我只好望望然而去之。直到 1954 年我再从那家画店经过，想想还是依他们的高价吧，用一百元买了回来，重裱后挂在我上海客厅里。

《学画、买画、失画、还画、献画》

收藏是为了学习

　　我在同时代书画家的手迹中，经过一段长时间锻炼之后，觉得还嫌不足，因之，又扩而大之，面向清代、明代书画家真迹。要觅到他们的名作，非花代价不可，我的实力已经稍稍充裕，才开始了买画的生涯。一出手就买到明代徐天池、陈白阳、文徵明、张宏等人的作品，接着又收得沈石田、陈老莲、仇十洲等作品，往后又收得龚半千以及清代石涛、新罗山人、王石谷、王麓台、金冬心、李方膺、郑板桥、伊秉绶、赵之谦、吴让之，近代吴昌硕、黄牧甫、任伯年、虚谷、齐白石等作品，扩展了学习、借鉴的面，提高了我在书法上、绘画上、篆刻上的技法。同时作为藏品，经过若干年节衣缩食不断收求，到 60 年代前期，已收到古人作品不下数千件。70 年代起，继续收得黄宾虹、潘天寿、朱屺瞻、刘海粟、谢稚柳、丰子恺等作品，其中于右任书法就有一百件，丰子恺漫画也是一百件，朱屺瞻山水、花卉超过一百件，吴昌硕刻印二百件，赵之谦刻印一百多件，黄牧甫刻印一百五十余件，华新罗一百件，齐白石和任伯年合为一百多件，逐渐形成了我买画藏画的阵容。我买画藏画的出发点是根据学习需要而选择的，和一般为藏画而藏画的收藏家完全异趣。

《学画、买画、失画、还画、献画》

鱼和熊掌，无法兼得

记得买华新罗的画时，因为手头没有那么多巨额现金，于是忍痛卖掉查士标、吴昌硕、徐悲鸿的作品多件来凑数，并与物主协商分期付款而得到同意，才能买下。这一次把我的历年积蓄差不多都花了，但是我不觉得惋惜，倒是变卖查士标、吴昌硕、徐悲鸿三家的作品，觉得非常可惜！至今还经常出现在我的梦里，颇有"鱼我所欲也，熊掌亦我所欲也"的样子，两者无法兼得，只好放弃其中之一！

《学画、买画、失画、还画、献画》

被欺诈的味道

有部金冬心的水墨花卉册，最初由中介人携来五开，索价为每开五十元，我爱不释手，就依价买下。过不多天，中介人又送来四开，经细看是同一册中的。我已买了头五开，中介人知道我的心理，一定会买，所以索价每开为一百元。我说同样大小的四开，为什么今天每开要一百元？他说物主所索的价钱，少一文不卖。我为了要凑成一部整的，只好忍痛买下，问他是不是还有第三次进来的，他说不会再有了。再过一段时间，我的一位远房族弟，邀我到他家去看画，其中有一开金冬心的水墨梅花，正是这部册页的最后一开，如果得到这一开，这部册页真正完整了。我问他要多少价钱可以割让，他这一开竟索价高达一百五十元，较中介人第二次的又多出了五十元。我这时为了使它完整，照数付出了一百五十元。当时把画让出来的人，就是这样欺诈买者。诸如此类买进的书画不止一种，可见物主的狡猾了。

《学画、买画、失画、还画、献画》

比房产、钱财还珍贵的，是自己收藏的文物

70 年代初我被迫退休，用莫须有的罪名迫我靠边，到此也"解放"了，看来似乎没有事了。那时我的房产、钱财、文物悉数被没收净尽，成为身无分文的一个"穷措大"。我对房产、钱

钱君匋捐献的吴昌硕印章

财的失却，倒还不觉痛心，唯有文物没有了，一直放在心上，无
论如何难于排解！只怕这些文物不幸毁于一旦。有些同情我的朋
友，不时给我消息，也不敢据而打听，怕再受无谓的麻烦。日复
一日，只是埋头在我的创作中，借此过着饥饿的日子。

《学画、买画、失画、还画、献画》

若获至宝

（发还时）但一检查，发现少了一幅四尺整张虚谷的《枇杷》，在发还清单上赫然显示此件已还。我惶然了，我已照单签收，少一件，发还的机构怕不会承认。我只好抱着试试看的心情前去交涉，总以为没有希望了，"银洋当面点清，离柜概不负责"嘛。幸好她们也在对账，在我名下正好少拿一件，双方的账完全吻合，那位负责的女同志非常通情达理，很爽快地补给了我。我真喜出望外，如获至宝，感谢她认真对待每一件事，待人温文，洞察失主的心情。

《学画、买画、失画、还画、献画》

"如对故人意缠绵"

原来我收到的印章，都是若干方合储一锦匣，是硬嵌式，每方不能掉换位置，还给我时这些储印章的锦匣大部分不见了，心中颇有感触，觉得某博物馆对抄来的文物不当一回事，把藏印的锦匣几乎全部丢失。听说丢失锦匣还算幸运，据目击者告诉我，有大批印章堆成好几个大堆，竟用煤镐来铲的，有些印章被铲去一角，有些被铲成两段，那才更惨了！还据目击者说，有整间整间房屋的文物，任其日晒虫蛀，霉烂成灰，可见这次遭殃的文物，其数量之大，是不可估计的。还有一些文物混在普通的书画中，成捆成堆廉价卖给外商，靠此发财的外商有的是！我的印章总算大部分回来了，失去锦匣真不算一回事。我收藏的吴昌硕刻印有二百方，还来仅一百五十六方，还少四十四方，经再三催索，始终没有着落！

幸亏我硬着心肠，于右任、齐白石、吴湖帆三家的作品，没有受威胁而或撕或烧，于右任的一百件书法到这时也还了近半数，后来虽断断续续又还了一些，还离抄走之数甚远。当我接到第一批发还的于右任书件时，在喜悦中写了一首七绝：

髯翁妙笔复归钱，如对故人意缠绵。

犹记当年招饮日，豪风墨雨卷山川。

《学画、买画、失画、还画、献画》

白石称我为君缶

白字有时似乎是难免的。堂堂乎最著名的莫如乾隆皇帝把"浒墅关"误读为"许墅关"。一般名人此类失误很少外传，其实是大有趣味的。

齐白石九十六岁那年，画家李时霖介绍我同访"铁屋"（白石自题寓所），门房（曾是清宫老太监）正欲将我们引进客堂，即闻得老人在大发雷霆，从忿怒声中得悉是因儿子讨钱触犯了惜铜如金的父亲。两人只得稍候，不一会门房进去通报，才被请进。李时霖同白石熟极，说明我要买画，话未说完，老人余怒未息道："今天不写，不画，要钱有啥用，都给不争气的儿子乱花了！"李时霖深知老人脾气，把五元钱放在桌上，上面压一张白扇面，笑道："有空请你在扇上画几笔。"二人随即拱手告退。

次年，我再约李时霖去白石新居雨儿胡同，一位年青的女护士笑盈盈地说："今儿齐老很高兴见客。"李时霖同老人寒暄之后，我即开门见山说："我有一张文徵明的手卷，想请齐老题跋，要付多少润笔？"说着展开手卷。白石老人一面戴上眼镜一面说："是真的么？假的不题。"当他仔细看罢，便欣然说道："真的，真的，今儿我不收润笔，给你题吧，只是文章要你自己起稿，我照抄就是了。"我挥笔立就短文，老人过目后说："近来身体不好，容易写错字，得让人念着才好写。"于是齐老和护士两人进内室由护士念一字，老人写一字。题毕，护士高声请我们进入内室，只见护士在盖章，我极其喜欢，望着齐老又说："我可要得陇望蜀了，再请你写'君匋印选'四字，润例照付。""嘀嘀，今天说过不收钱，也免了吧。"李时霖很惊讶，白石难得如此大方。时隔一年，当刮目相看了。老人悬腕走笔，此时我心花怒放，起身一看，竟误作"君缶印选"，我连忙别取纸笔写个大大的匋字，双手举在老人面前，以示写错了。老人眯眼瞧瞧，长髯一捋说："没错，这二字相通的。"明明"匋""缶"不可通假，正希望补正，他已垂目静养了。无奈何，只好携此白字而归。为解嘲自慰，遂篆刻一印"白石老人称我为君缶"以作记。

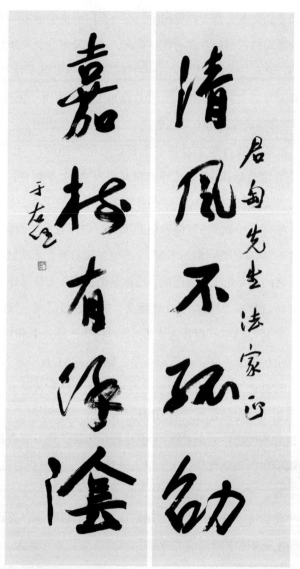

钱君匋收藏的于右任作品

　　幸而白石老人不曾贵为天子，但他写了一个甩掉包袱的"缶"字，使得我强受"君缶"之讹名。此事过去不曾公开过，现首次披露，恐无伤大雅。

《白石二题》

收藏的胸怀

　　50 年代中期，我在北京工作，曾在友人家见到吴昌硕刻的印如"王仁东印""心陶书屋"等，这些印当时都没有发表过，我首先拓入了《吴昌硕佚印集》。到了 80 年代，在国内的一些出版物上开始露面，后来日本小林斗庵编的《中国篆刻丛书》五卷本《吴昌硕》中也把它收录了，从此变成熟面孔。在这里我只得割爱了。

《古铁篆刻遗珠》

擦肩而过的珍贵

　　我在抗战开始的一年，避日寇撤退到湖州，有一天在街头的地摊上见到吴昌硕为于右任刻的两方上等鸡血昌化，一刻"于"，一刻"右任"，都是朱文，当时索价为银币八十元，我身边虽带有不少现金，但想到今后过的是流浪生活，经济来源已经断绝，

靠身边的钱能维持多久不得而知，本来想买这两方名人为名人刻
的印，只好硬着心肠挥手而去，不敢染指了。抗战胜利后我在上
海见到于老，谈起这件事，他顿足长叹不已。我在他行署中遍观
了他常用的印章，其他的都在，独少了这两方。

《古铁篆刻遗珠》

只饱眼福

吴昌硕为康有为刻的印，我只在杭州康老的寓所看到过两方，
刻的都是白文"康有为印"，因为时间匆促，只钤了印面，没有
拓出边款。这两方印是两个时期刻的，所以其结构、用笔略有不
同。至于郑孝胥的"郑孝胥印"和"苏戡"两印，我常见他用在
书法作品上，是否还有其他吴昌硕刻的印，因为我和郑孝胥不熟，
没有机会见到。

《古铁篆刻遗珠》

顶替来的"木鸡""长留天地间"

"木鸡"一印，经常见到的有两方，都是朱文，方形。而此
印是长方的朱文，1986 年落实政策，发还时顶替来的，边款为：
"木鸡。罴大令刻。吴俊。"到现在为止，发现昌硕刻过三方"木

双忽雷阁内史书记童嬛柳燕掌记印信

鸡"。还有一方朱文"长留天地间"也是顶替来的，是一方极好
的白寿山冻，顶端是狮钮，边款三字"缶庐制"，印面略有损伤。
我所藏的吴昌硕刻印有二百方，迄今为止，还有五十多方没有还
到手，不知什么时候才能重见。

《古铁篆刻遗珠》

不知能否再收得三十三方而复旧观

进入 80 年代以后，又有了经济的恢复，碰到吴昌硕的刻印，我总把它留下来，所以见到吴刻印五方，急着把它收下。这五方印中刻有"风衔"之名的二方，是他的早年作品；"祖厓"一印也是这个时面稍后一些；"秦环楼"一印，是属于早年时期较前者更晚的作品，所以老辣朴实，使观者拍案叫绝；"竹隐书室"一印为晚期所作，已达炉火纯青的境界。失去四十六方，在乱印中找得二方，80 年代中我曾收得过六方，和前年收得的五方加起来为十三方，距原藏二百方，还差三十三方，此后不知能否再收得三十三方而复旧观？

《吴昌硕刻印偶得》

如见故人

1991 年夏天，偶然有人从外地送来吴昌硕刻印五方求售，鉴完后我就收了下来。这五方印是"竹隐书室""祖厓之印""风衔之印""秦环楼""徐风衔蒙香印信长寿"，其中一、四两印是朱文，余者都是白文。我收到这五方印，如见故人，高兴之情不可言喻。

《吴昌硕刻印偶得》

一则以喜，一则以悲

以前我很艰难地陆续收得吴昌硕刻的印二百方，在私人手里可谓不算少了。其中有一百五十四方已做好十个锦匣珍而藏之，后来几次收得的四十六方，其中最迟者在 1966 年夏天，还没来得及做锦匣珍而藏之，散放在家中。"十年浩劫"即在 6 月爆发，不久我被打入牛棚靠边站，失去了一切自由，那四十六方印就再没有机会储以锦匣了。9 月 2 日，一批头上出角的不速之客，夺我家之门，蜂拥而入，掠夺了我这批藏印，其中还包括赵之谦、黄牧甫等人所刻的印三百方以上，和大批古代书画文物。熬到 1979 年前后，总算落实政策，还给我一部分，没有装锦匣的四十六方印却杳无音信。虽经屡次向上海市文物清理小组催索，一直也没有消息，仅在补偿的几万方垃圾货的乱印中，幸运地拣到了吴昌硕刻的印二方。这二方印当然不是我的原物，总算意外地又收得了二方，其余的从此石沉大海，看来一定是生离死别了！可我却是日夜惦记着她们，已经十多年过去了，希望有朝一日，能奇迹般的忽然又见到她们，而且竟回到我的怀里，但这恐怕只是一场美好的虚无的幻梦而已！丧失这些印和得到这些印的心情，两相比较，一则以喜，一则以悲，每思无不泪下！

《吴昌硕刻印偶得》

再说收藏吴昌硕印章甘苦

余搜索吴昌硕刻印，始于壬午前后。其时上海古玩市场内，经营书画金石之店铺林立，可随意浏览选择，余每周偕友必至，偶获吴印，怀归摩挲至再，可竟日陶然。其时尚有携物送至寒斋求售者，大都为他人所托，由其居间介绍。携来之物，须能识别，方不致误伪为真。先后数十年间，收得之吴印二百方，最后收得之数十方，未及装匣珍贮，而"十年浩劫"突发，遂被袭没。已装匣者，入上海博物馆，待至政策落实，幸得悉数归还，共一百五十五方，其散置者被袭没后，不知落于何所。此次借赴日本展出，为一百方，因将此百方以六十年前所存之旧藏佳纸，命学生陈辉、黄冰两钤拓专家，以老友张鲁庵手制最上乘八珍印泥，及程氏古墨钤拓，成书二十部，为限额本，异常珍贵，以为专家学者收藏之用。

《〈吴昌硕原印集〉序言》

艺兼众美的吴昌硕

作为艺兼众美的一代大师吴昌硕，影响最大的是画，功夫最深的是书，印是书画的发展，反过来加强了书画的表现力。而诗和画跋，却是他艺术思想的生动记录。此四者浑然一体而又各有千秋。构成四者的基础则是气。

钱君匋八十岁那年刻印的情景

气，在外国看来颇为抽象，对我们炎黄子孙来说，却是很具体的东西。孟子说："吾善养吾浩然之气。"可见此说来源古远。

气，不仅是艺术家个人的气质，还包括民族气质、时代气息，一切纵的、横的，社会学、心理学方面的因素。

吴昌老书法的基本特征是浑厚雄肆、沉着率真、气足神旺，情趣在笔墨之外。

自从启蒙至于晚年，他的书法作品形成一条长河，回环奔泻，每段不同。

《略论吴昌硕成就》

精光异彩的伟大

每一位伟大的人物，和我们在同一空间呼吸的时刻，未必理解他的价值；等到他一朝谢世，时间造成了历史的距离，后辈才能看出他的精光异彩。

伟大，不是指地位、财产、浮名，而是指人品和贡献。

吴昌硕先生是中国近代史上最有独创性的大艺术家之一。我接触他的作品已经六十余年。这在历史上不过是短暂的一瞬，而就人的一生而言，已是漫长的岁月。

《略论吴昌硕成就》

诗中吴昌硕

缶翁诗老而弥健。六十九岁作有一绝，奇崛峻峭，磊砢不群：

石头奇似虎当关，破树枯藤绝蹬攀。
昨夜梦中驰铁马，竟凭画手夺天山！

从诗的内容来看，抒发了边疆被侵略者虎视眈眈，诗人报国无门，郁结于胸的心情。

我藏有诗人手迹一张，对于甲午海战全军覆没，诗人是悲愤填膺的。这些死在敌人炮火下的海上英魂，既是帝国主义侵略下的殉国烈士，也是那拉氏、李鸿章等"宁与友邦，不与家奴"这一卖国政治的牺牲品。诗人感到清代王朝腐朽不堪，国土沦丧，无限悲痛。同时，又叹很多人还在麻木之中：

> 海军未复谁雪耻？愤失海权蹈海死。
> 呜呼吾国多烈士，精卫衔石沧海填……

《略论吴昌硕成就》

时机一到，自然会解决的

有一个晚上，我在一家大食品店里闲荡，遇到一位很熟悉的友人，他知道我被抄走的文物中有华新罗的画，他告诉我《新罗画丛》八册在什么地方，可以去交涉取回。我仅付之一笑，没有按照他的好意去办。1981年这批文物包括《新罗画丛》八册在内，先给我发还了。另外有一位熟友几次劝我说，不要着急，慢慢来自然会解决的，果真时机到了，又发还了很多文物。当然，抄去的还有三百件没有找到，说是不会吃没的，找到就还。子恺师也是这样看法，时机不到，不要强求，时机一到，自然会解决的，最后胜利，终将是属于我们。

《从"加饭"到料酒》

慷慨的钱镜塘

镜塘为人慷慨，曾经多次把所藏的古代名人书画捐献给国家。例如 1956 年，把于谦的书法、王石谷画的陈元龙像、李应女史的作品、历代名人手札等一千余件，捐献给浙江省博物馆。当时著名作家叶圣陶曾在《浙江日报》上撰文赞扬，对镜塘把世间罕见的文物，化私为公，捐献国家的进步态度作了无上的评价。其后在 1959 年，以明清名人书画三百二十件捐献给上海博物馆，包括马湘兰致王伯谷的手迹，赵之谦、金圣叹、任伯年、吴昌硕等的作品。1960 年，以属于广东省的文物百余件，捐献给广东博物馆。1962 年，以有关海宁和嘉兴的文物各数百件，分别捐献给海宁和嘉兴两地的博物馆。1963 年，以有关江苏省文物数十件，捐献给南京博物馆。同年西泠印社成立六十周年时，他又捐献了名家作品数十件，其中名家刻印二十四件，包括文鼎、吴昌硕、曹世谟、赵之琛、王大昕等的手刻。这一年，再度以赵之谦、任伯年、吴让之、沈寐叟等精品书画百余件，捐献给上海博物馆。把自己心爱的名迹捐献出来，是难能可贵的。即使是上面这几起捐献，其数量已经大有可观。我认为他的度量是宽的，气派是大的，他的心是爱国的，是向着人民的！

《钱镜塘先生安息吧》

穷原竟委

苍松

不能辜负爱上刻印的这一生

何谓篆刻艺术?

印章是我国的一种书法和雕刻相结合的工艺美术。由于书法重于雕刻,不同于一般的工艺美术,所以把它别称为篆刻艺术。

篆刻是以篆字为主的,虽然也可以刻隶书、草书乃至简体字,但是,应以篆书为主。所以有志于篆刻的人,必须把练写篆字放在极其重要的位置。

《漫谈篆刻》

汉印挺拔浑穆,奇峰突起

追溯印章的历史,可谓久远。它的起源很早,一般都认为起源于三代。到了汉朝,它的发展可以说是达到了顶点。汉代印章在书法的结体上力求美化，在印面的处理上力求完整，在线条的刻制上力求挺拔浑穆。它的成就可以比之于唐代的诗、宋代的词和元代的曲，可谓奇峰突起，在印章史上是光辉的一页。

《漫谈篆刻》

流派纷呈、名家辈出的篆刻

印章在我国，历史可谓悠久。唐代杜佑《通典》说"三代之制，人臣皆以金玉为印，龙虎为钮"。征之《周礼》，亦云"货贿用玺节"。"玺节"，从后来郑康成说，即今之印章。至汉代，印章的繁盛达到了顶点，其成就比之唐诗宋词元曲，毫不逊色。也可以说，在我国印章历史中，汉代是最光辉灿烂的阶段，后之治印者，无不以肖汉印为能事，成就巨大者，也无不以汉印为起点，始能成功。诚如鲁迅所言："以汉法刻印，允为不易之程。"汉代以后，对篆体字越来越陌生，印章文字的书写美也越来越不讲究，所以隋唐宋元的印章殊少艺术趣味。待到元代，由于赵孟頫、吾丘衍等人的提倡呼吁，书法在印章中的重要性才逐渐为人接受。经过明清两代印家的努力，篆刻作为一门独特的艺术蓬勃发展起来，流派纷呈，名家辈出。

《〈鲁迅遗印〉序》

文人治印，以赵孟頫为鼻祖

印章始于邃古，盛于秦汉。文人治印，则以元代赵孟頫为鼻祖，其时印材多为铜质，故分朱布白后不得不假手于工人。明初以后，石印风行，篆刻家自写自刻，趣味无穷。然其优劣之品评，俱以书法为第一标准耳。虽然，印章为篆法、章法、刀法三要素所组成，但篆刻为体现书法之艺术，当以此为最也。溯其以往，成功者为赵之谦、吴昌硕、齐白石，皆为书坛巨擘，故其所作，有笔有墨，跌宕风流。

《〈望岳楼印集〉序》

书法与刻印

明清两代的篆刻大师，无不因为在书法上成就突出，别树一帜，然后才在篆刻上有所突破的。邓石如、吴让之、赵之谦、吴昌硕、黄牧甫和近代的齐白石。都是如此。陆放翁教子做诗有"工夫在诗外"的说法，刻印也是这样，可以说是"工夫在印外"。这个"印外"，主要是在书法上。

除了书法因素之外，注重印章的传统也是需要特别重视的。

《漫谈篆刻》

无倦苦斋

心有古人毋忘我

　　当然，师法古印不能为它所羁，诚如潘天寿氏所说"心有古人毋忘我"，要在作品中反映自己的面目，要在作品中倾注自己的感情。关于这个问题，叶潞渊先生在最近全国篆刻评比会上发表过极为精辟的见解，他说："小小的印章，内容很复杂，山水草木都可以放进去，但主要的应把你自己放进去。"

　　　　　　　　　　　　　　　　　　　　　　　《漫谈篆刻》

师法秦玺汉印，还要研究明清篆刻

　　印章除了师法秦玺汉印之外，还要多研究明清两代的作品。篆刻在这两个朝代，真是流派纷呈，名家辈出。古代大师的作品在今天仍然给我们以莫大的启迪。

我刻的《丛翠堂》是取法赵之谦的。赵氏的印作生动活泼，风韵婀娜，尤其在手法上，特别强调"密不容针，疏可走马"。我在这方印章中将"丛翠"安排成一行，使其密不容针，与"堂"的稀疏形成对比，使整个印章具有强烈的节奏感。

《漫谈篆刻》

何谓摹印篆？

汉印的字体大多方正堂皇，和隶书有相通之处，所用的书体就是所谓"缪篆"亦称"摹印篆"。后人集汉印文字编成《汉印分韵》《汉印文字征》。这两本书今天都容易购得，是很好的工具书。

《漫谈篆刻》

"无倦苦斋"到"无权可抓"的笑话

我刻的"无倦苦斋"即是师汉之作。我在继承传统的基础上，更想使它以石刻的斑驳，反映出笔墨在宣纸上渗化的趣味。是否做到这一点，还要请读者多加批评。说起这方印章，实在使我忍俊不禁——我崇拜清代赵之谦（无闷）、黄士陵（倦叟）、吴昌硕（苦铁）三大家，费了多年之力，收集他们的印作，件数均逾一百，遂取三家别号之首字以命我斋。不意在"文化大革命"刚一开始时，即为此而被拳打脚踢，因为"无倦苦斋"四字在上海方言中和"无权可抓"的读音相似，他们便据此认为我在政治上"野心勃勃"。这在今天看来，简直是一则大笑话。

《漫谈篆刻》

初学篆刻必学汉印

从事篆刻创作必须继承汉印的传统。这是大家公认的一条准则。初学者，可以选择方平正直的汉印入手进行临摹，以汲取营养。

《漫谈篆刻》

光洁妍美的"水壶词客"

我刻的"水壶词客"是取法黄士陵的。黄氏的印作锋锐挺劲，光洁妍美，看似呆板，实不呆板，而具有很多的变化。我在这方印章的创作上，是深受其影响的。但是，我在边线的处理上，采用了古印破残的效果，以造成和黄氏不同的面目。

《漫谈篆刻》

钟声送尽流光

雍容秀丽的"丙午生"

我刻的"丙午生"是取法吴让之的。吴氏的印雍容秀丽，流转多姿，在章法上匀净平衡。我的这一方印章，采用了吴氏的写法和章法，但由于这三个字碰巧都是左右对称的，所以我便在线条的表现上采用不同的刀法，以打破板滞。

《漫谈篆刻》

边款和印面俱佳的"钟声送尽流光"

边款和印面一起组成了一方印章，是不可分离的孪生兄弟。而且，印面狭小，文字以少为宜，未尽之意，可借边款道之。我自己刻过"钟声送尽流光"的闲章，复在印侧刻了长跋："余幼

余幼居屠甸寂
寺西听之必闻寺
钟及长客枕或遇
山山寺钟散之呈
晓雾而温凉
或随莫霭而飘隋
几席其年没沤之

澄裹中学讲
舍之钟偶有层
楼下至钟移达
其报时之音
福昏七生十
晨三夕息一
九三七年秋一

皇冠侵
寇难校
复再闻奔
寻年还地
湘鄂著不
复地散深
南屠
局海
江宇
每路
罹宙

豆钟犹可
约而闻隐
而散而湘白
幼回迷流
光首少沣法
无戊尽而事
初明令一事全之

涂唯与
结合壁间
满合余促小
钟之赴决农
晓之年一盏余
余五叹记
九三并记
君甸刻年冬

钟声送尽流光

居屠甸寂照寺西，昕夕必闻寺钟。及长，客杭之吴山，山寺钟声，或透晓雾而荡漾枕衾，或随暮霭而飘堕几席。莘年，徙沪之澄衷中学。讲舍之侧，有层楼巨钟。憩迹其下，至移十霜，报时之音，晨昏不息。一九三七年秋，日寇侵沪，仓皇离校，奔流湘鄂等地不复再闻钟声。翌年还沪，寓海宁路，每值南风，江海关巨钟犹可隐约而闻。溯自幼而少而壮，钟声送尽流光。回首一事无成，今老矣，初明成事之途，唯与工农结合。壁间小钟滴答，促余践之，余决尽余年以赴。一九五三年冬，君匋刻并记。"从事篆刻的都要知道并且学会。有精美边款的印，才算一件完整的艺术品。

《漫谈篆刻》

何谓铁笔？

所谓铁笔，是金石篆刻家手中的一把刀。照中国的习惯，凡写字的工具概以笔称之，刻印章的刀能刻出文字来，便不例外地称之为笔了。刀以铁制，所以名之曰铁笔。铁笔除了是一件刻字的工具而外，还是一个含有尊敬意义的名词。譬如一般刻字店中刻印章，不能称为运用铁笔。铁笔这个名词是对有高度艺术性的篆刻作品而言的。印章到目前为止，用的人和机关、团体很是普遍，但这些印章，都属于实用范畴，技术可能很高，要谈艺术却还离得很远。这些印章既然十之八九出于一般刻字店，则刻家所刻的印章的局限性可以想见，除了用于书法、绘画以及善本书的收藏印之外，不再有其他了，其面之狭，其门之冷，不言而喻。

《冷门——铁笔》

从信守之用到装饰之美

　　印章是我国传统艺术之一，最初是作为信守之用的。到了后来，画家将印章用到他们的作品上，除了含有原来的信守意义之外，在作品的整体上起了大大地超过信守意义的装饰作用，犹如建筑物及其装饰。我国古代建筑，常用雕梁画栋来装饰结构巍峨、四角翼然的造型；希腊建筑，常用巨大的柱子及各种雕刻来装饰结构方整崇伟的造型。这两种装饰，都是各与其建筑造型本身相协调的，二者都各具独特的风格，给人以截然不同的观感。印章在绘画上，和建筑物之与装饰相似，具有密切的配合作用。往往甲的作品，必须用与甲的作品风格相适应的印章才能够协调，从而增加画面的装饰美。反之，就不能获得这种神妙的效果。

《印章和绘画》

往事并不如烟

　　余自弱冠始攻篆刻，初无师承，幸得同里书画名家孙两陔先生、徐菊庵先生之助，曾在吴缶庐印谱中讨生活，旋改取赵之谦法，均无寸进，乃悟刻印须从秦汉玺印入手，因转而师之。三十岁见黄牧甫刻印，喜而效之。自后以各家之法逐渐融合为我法。今七十五岁矣，所刻自用印仅得一百七十余纽，爰请专人精心钤拓成此，交香港书画屋正式精印出版。

《〈钱君匋印谱〉序》

启蒙恩师

我开始学刻印，还不到二十岁。当时我老家屠甸，有两位长者，都是有名的书画家。一位是孙增禄，原名炳荣，号良伯，别署两陂，他的居室名小沧浪馆。祖籍浙江绍兴，自其祖蓝田始从绍兴迁屠甸。父秋圃。三代都是中医外科名手，病家四方求诊，纷至沓来，户限为穿。孙老兼善书画、篆刻、琴棋、诗文等。书学颜平原，晚略受郑板桥影响，人物、山水、花鸟、虫鱼，无不精妙，风格在梁楷、白阳、青藤、石涛之间。印宗浙派，有陈鸿寿风，所作都能自开面目，名驰东南一带。早年曾从事上海同文书局缮写工作，其石印本书籍，不少出自他的手笔。晚岁依其甥为生，卒于濮院。

另外一位是徐容，原名钟兆熊。徐为母姓，名熊，后改容，字菊庵，亦作橘庵。居室名枰香仙馆，别署殳山外史。浙江桐乡人。善画人物仕女，并及花鸟虫鱼。师法改琦、费丹旭、恽寿平等人，风格清丽脱俗，自成一家。亦擅诗文。曾在上海卖画，声誉鼎盛。晚年侨居海宁硖石蒋氏别下斋，至殁。

《我爱刻印》

六十年来未尝或辍

余少日即喜刻印，六十年来未尝或辍。旧时曾偶集所作成帙行世，类多尘容俗状，徒增惭汗耳。余今已七十有五，有请以自刻印衰拓成集，传之永久。自度天资功力均不逮，所作未能陈言务去，鲜有创获，焉可以灾纸墨。转念目疾日甚，嗣后续刻为艰，因拓若干组成此集，以作晚岁自娱，未敢冀其传也。

《〈钱君匋印谱〉跋》

初刻印，像一团棉絮

暑假回家，前辈孙增禄和徐菊庵两位先生见到我刻的印，很关心地说："你这样瞎子摸天窗刻下去，要成为匠人，没有法度和味道。应该先照名家印谱刻几年，再寻自己的路子，现在吴昌硕的印大受欢迎，不妨找他的印谱来摹刻。"

我照着摹刻了几十方印，孙、徐两位先生看了，都皱着眉头说："吴缶老的味道你刻不出来，只觉得破破烂烂，像一团棉絮。是不是再求远一点，学学赵之谦看。再说，只顾刻而不写篆书，不懂得笔意，进步自然缓慢，可以边写边刻，齐头并进。"

《我和书法因缘》

容五十后作

吴昌硕指点刻印

　　我学习刻印，前面已经说过是由孙徐二老的怂恿并授意下学吴昌硕开始的。当时吴昌硕的声誉名满海内外。我很崇拜他，就买了一部上海有正书局出版的《吴昌硕印谱》来学刻。因为不知道同时要学习书法，大约经过一年的努力，所获不多，其间吕凤子老师曾陪我去拜见过昌硕先生。吴昌老和蔼可亲，不以为我年幼而不屑接谈。我跟吕老师进了吴家的门，一上楼便见吴昌老正在聚精会神地挥毫作画，但见老笔纷披，画出一幅翁郁的葫芦图。待到可以暂时停笔的时候，吴昌老才和我们对坐闲谈。吕老师把我介绍给吴昌老，说我在书画之外，还会刻印。趁吕老师介绍的当儿，我赶紧把所刻的习作拓本递上。吴昌老反复端详了好一阵，才很温和地对我说："还嫩。"这是他的客气话，其实何止是"嫩"而已！接着他说，要多刻，要不厌其烦地刻。要多写，要每天不间断地长时间地写。要多看，看秦汉的以及明清各大家的印，看的时候要牢记他们的章法、刀法，要分析一个印的各个部分。刻印必须扩大眼界，勤于磨砺。他说得很多，还是吕老师说不要耽误吴老作画的时间，我们才匆匆辞归。经过这一次拜见，我才知道刻印不能单打一，一味闷刻是不成的。我所以刻不好，其原因就在不知道同时要练字读谱。

《我爱刻印》

在秦汉印中打几个滚

有一次，我猛然记起以前吴昌老说过的要学秦汉印这些话，觉得只在名家的印章中转圈子是不够的，名家的印章也都是从秦汉印中出来的。我不能舍本逐末，要在秦汉印中打几个滚，从那里取得开辟新路的源泉。于是，我专心致志地学秦汉玺印，果然，没有几年工夫，刻的印就不同以前了，似乎大有起色。于是，我除收集明清名家的印谱之外，更着意收集秦汉的印谱，用业余的点滴时间来啃嚼这些印谱，渐渐得心应手起来，兴致也越来越好。我就这样有时刻一阵，有时放一阵，一直过了八十岁，还不肯罢休。

《我爱刻印》

篆刻痛快事

篆刻痛快事，用刀贵挺劲流畅。前贤纵横排奡，不可一世。齐白石以"做、摹、蚀、削"为诟病。吴让之使刀如笔，线条如一江春水。弘征刻印，睥睨一切，信刀直冲，尽弃雕饰，往往拾得天趣。

《〈望岳楼印集〉序》

说弘征

弘征以多年之力研究篆刻，为发扬祖国优秀传统不遗余力，是可佩也。纵观弘征所作，或法古玺，或师汉白，或元朱，或赵之谦派，或吴昌硕派，或齐白石派，博采众长，各具面目。前人云"转益多师是吾师"，寥寥七字，道尽个中道理。

《〈望岳楼印集〉序》

气韵磅礴的巨印

我平常刻印，一般的印面都在一二公分自乘之间，较大的印面，从来没有染过指。到了壬午那一年，忽然兴来，竟刻了两方巨印。这两方巨印是为徐老刻的。他新得一青田石的石匣，空着没有什么

空谷传声

雕琢，我就在石匣的盖和底上刻巨印，印面约为十公分自乘。"徐容之印"是白文，另一方"菊庵"是朱文，都受赵之谦的巨印"赵之谦印""滂喜斋""郑斋"的影响。其实他的这几方印也是从汉官印和汉碑额而来的。后来我刻"著书都为稻粮谋"等巨印，想搞自己的面目，事实上并不容易，仍然脱不了赵氏的影响。我刻巨印的事一传开，求者日众，以后就变成家常便饭，不知刻了多少。记得吴湖帆最先要我为他刻巨印，先后刻了三方。接着是刘海粟，也刻了五六方，还有潘天寿、朱屺瞻等人。他们认为我刻的巨印和刻小印一模一样，手腕有力，笔画自然，泼辣生动，气韵磅礴。但我自己总觉得还不够生辣，不够神完气足。

《我爱刻印》

不负人生之爱

我共刻了两万多方印，包括巨印在内，以及各种书体的长短跋。这只是一种磨砺，距离我所要达到的水平还远。年纪虽已到了人生的末梢，但只要我的双目还能看得见，在放大镜下还想求得寸进，我要刻出比较满意的作品来。我不能辜负我爱上了刻印的这一生。

《我爱刻印》

刻边款长跋的第一次和乐趣

刻印必刻跋，这是每一方印所不可缺少的。一般我都刻上自己的姓名和年月，至多再加个上款，字数不多。刻长跋和刻巨印一样，难度比较高。在壬午那一年，我在刻巨印的同时，也开始刻长跋。我看了赵之谦"餐经养年"的阳文长跋，有《始平公造像》的遗意，手就有点痒起来，便在"冷暖自知"一印的四周一试，刻的是阳文。现在看来，这四面《始平公》式的阳文长跋，不免稚嫩，但是我第一次所刻，颇有敝帚自珍的感情，舍不得磨了它。我想，留作一种纪念，不是很好吗？后刻"钟声送尽流光"和"夜潮秋月相思"两方巨印，都是我自己的句子，是画格的隶书长跋。为了刻这样的长跋，我还写了两篇限定字数的散文，直到现在，我仍很喜爱这两方巨印。另外在巨印"广州三月作书贾"

的四面，刻了篆书长跋。这方印先后刻过两方，现只存一方，另一方在"文革"中被抄去了。"但愿人长久，千里共婵娟""隐隐笙歌处处随"两方巨印，刻的是四面狂草长跋，人们认为这是我初期刻狂草长跋的代表作。以后刻的狂草，七十九岁刻的"一路滩声奔乱石""青山下酒诗千行"两印的四面狂草，还有其他许许多多狂草长跋，都比较泼辣精炼。今年我又重温旧梦，用《始平公造像》法在巨印"气象万千入画中"的四周和顶上刻了五面阳文长跋。由于目疾日甚，所刻颇觉棘手，不知刀着何所。在刻印刻跋之中，也曾刻过花卉，60 年代刻过"昙花"的印面，发表在当时的《文汇报》上。这方印后来在"文革"中被抄去，不知去向。1974 年顷，刻过朱屺瞻、王季眉画的"梅、兰、竹、菊"的四面画跋，在造像刻跋之外，另立一格。

《我爱刻印》

从摸索到"有会于胸中"

　　我在二十岁左右开始从事篆刻，我没有拜过任何人为老师，但是得同里书画名家孙两陂和徐菊庵两位先生的指导，曾经用吴昌硕的印谱作为范本，学习刻印。不久，又改学赵之谦，东闯西撞，一直没有什么进境。后来摸索到要刻好印，必须以秦汉玺印打基础，因此，就在这方面狠狠下了一番苦功。三十岁左右，又见到黄牧甫的印谱，不免也效法了一通。所以我的篆刻，受秦汉玺印和赵之谦、吴昌硕、黄牧甫的影响较多。虽然在漫长的岁月中，已逐渐形成自己的面貌，但总觉得未能陈言务去，没有达到突变的地步，这和我的天资、功力都有关系。如果能够得到窗明几净的环境，篆刻的时间多些，没有人来干扰，披阅古来巨细文字，到有会于胸中时奏刀，多少可以刻出些惬意之作来。可惜生活不能让我安静下来，要获得理想的环境，实在是太不容易了。

《〈钱君匋篆刻选〉跋》

工细写意，各有千秋

篆刻界的现状，似乎可以大别为工细的和写意的二大阵营。工细的首推陈巨来、叶潞渊、方介堪，其他当然还有许多名家；写意的首推沙孟海、王个簃、诸乐三，其他也还有许多名家。工细的也好，写意的也好，我认为都各有千秋。假如喜爱工细的，对写意的来一个否定，或者喜爱写意的对工细的来一个否定，都是不恰当的。

《〈西泠印社社员印集〉序》

工细、写意都不容易

工细的篆刻，有人以为难能可贵，因为要取得这种技法比较不易，工细而有活力、有笔情墨意、神采奕奕则更不易。写意的篆刻，认为比较容易入手，随便凿两刀，就成一印，其实不然，没有那么容易。看来只有随便几刀，但是其中的功夫不比工细的浅，要有足够的基础。两者都不是凭空想象那么容易。所以研究欣赏篆刻的要理解这两种截然不同的刻法，才能作出准确的判断。

《〈西泠印社社员印集〉序》

边款是一方印的组成部分

刻印只求刻好印面为能事，那也是片面的。印刻好后必须同时刻上边款，和书法、绘画的署名一样，刻完印面，还要在印侧刻上作者的姓名年月等等。边款是一方印的组成部分，如果不刻边款，犹之一个人没有手脚，那还成一个人吗？所以边款是印章的一个极其重要的不可分割的部分，不能少了它。

《〈西泠印社社员印集〉序》

不惬意，不下刀

我七十年的刻字生涯，可以说都是在求索之中度过的。每刻一印，无不拟稿达三五次之多，不惬意不下刀，即使是满意的稿子，刻来不称意，还是磨了重刻，绝不可惜！我的日常生活较忙迫，刻印要挤出时来才能握刀，而我所处的环境也极杂乱，要刻印必须躲到一个极宁静的地方去。最好是深夜，万籁俱寂，没有人来打扰，手执一卷，读到心领神会时，立刻奏刀，必有所成。如《午斋钱唐之玺》《八风寿砚之斋》等印，都是在这种静穆的环境中刻成的。除了环境以外，有时情绪很好，也可以刻出很惬意的作品来，有时碰到所刻的几个字安排在一起，能得到天衣无缝、浑然一体的效果时，也会创作出好的作品来。刻印先要有书法基础，同时要读万卷书，如果只会奏刀而无其他什么学问，充其量只能是一位"刻字匠"！譬如刻闲章摘用什么文字，就可看出他的学识是否渊博，古来成语、诗、词、文句多似恒河沙数，所用字句是否得当就是要凭读书多少、悟性多少来决定，学问也就在这里。我学习、创作七十个春秋之后，站在目前的位置回顾过去，不足的地方太多，非再加一把力向前迈进，是不可终日的！

《〈钱君匋精品印选〉自序》

巨印前好摄影

我在香港大学举行篆刻展时，曾把《钟声送尽流光》一印特写到高和宽都超过了四公尺，可以说是世界上最大的印了。人站在它前面摄影，仿佛走进一方巨印里面。展毕后这方特写大印已珍藏在君匋艺术院中。

《〈钱君匋精品印选〉自序》

最早的自刻自用之印

自是集余之自刻自用印观之，可知余刻印之历程，最早者为首页《钱涵之印》及《君匋》两方，刻于 1924 年（甲子），时余年方十八，以同里长者孙增禄、徐菊庵二书画家之指点，学吴昌硕之产物。

《〈钱君匋印存〉后记》

爽利劲挺，无萎靡、琐碎之态

在余刻印中无论前期、中期、晚期，用刀均主爽利劲挺，而无萎靡、琐碎之态，此乃余之特点，亦即余之风格也。余治边款，亦极重视，故有正草隶篆各体书之刻，甚至有刻五面者，此亦余之着力处也。

《〈钱君匋印存〉后记》

友谊长存

在这漫长的不平静的六十年中，我先后结识了许多著名的画家和书法家，他们都喜爱我刻的印，并热情地要我为他们奏刀。我也是一向有求必应的，于是在不知不觉中刻了数以千计的印章。

当我在编选中，仔细看了这些印，真像坐对旧友，晤言于一室。许多难忘的往事，以及他们的声音笑貌，不断地浮现在眼前，使我久久不能忘怀！这些有成就的书画家中，逝世的已经不少，如黄宾虹、张大千、吴湖帆、潘天寿、丰子恺等；健在的也还有不少，如林散之、刘海粟、沙孟海、陆俨少、朱屺瞻等。人间能得这么多的知音，我真觉得高兴而且荣幸！他们在艺术上所给我的长进不少，使我没齿不忘。同时，希望这许多印能长留天地间，作为我们之间的友谊的见证。后来的人也可从这些印中体会到人与人之间的善良的真挚的情意。

《〈钱君匋刻字画字印谱〉序言》

不忘友恩

1963年，余计划刻《长征印谱》《鲁迅印谱》《茅盾印谱》。《长征印谱》刻成于1963年出版，《鲁迅印谱》第一次刻成于1974年，四害横行时被袭没，无奈，更刻第二部，成于1975年，恐为人知而起风波，故秘不示人，以示无声抗议。此两谱后分别在广州、长沙出版。《茅盾印谱》始终未成。1979年第四次文代会在京召开，值茅公于会上，曾面告欲为其刻谱。1985年目疾日甚，以未能完成为憾。学生吴颐人、刘华云、徐正廉、吴天祥、谢震林、黄冰诸君咸促余于可能略睹事物之情况下奏刀。卒以目疾，未能胜任，爰改为七人共刻，余刻三十方，聊表对茅公之敬，以完夙愿。

《〈茅盾印谱〉序言》

损害崇高，无法容忍

十七年前，出版了这部《长征印谱》。我当时工作和社会活动比较繁重，只用了一些业余时间来刻成，不免有推敲不够的地方。过了三四年，曾把自己认为不满意的部分作了重刻，这就是第一次修改本。当时我希望把它作为重版之用。可是在"四人帮"肆虐摧残文学艺术的日子里，就是这朵小花也不能幸免，竟被打入冷宫这么多年。

这个第一次修改本，几年前曾给一些友人借了原印去拓谱。不知是谁没有得到我的同意，私自把它拿到香港，给一家书店，改名《钱君匋印谱》出版了。该书编排印刷都很不像样，绝大部分都走了样，甚至有印倒的、印反的、缺角的，不一而足，实在不堪寓目。如果认真从事，注意印刷质量，力求保持原作艺术效果，那么，多一个地方出版、宣传史无前例的伟大的二万五千里长征这一壮举，也没有什么不好。但是，这个印本却极不严肃，粗制滥造，不仅损害了我的刻印艺术，而且也损害了长征这一辉煌业绩的宣传，这是我所不能容忍的。

《〈长征印谱〉第二版前记》

若有所悟

山居记趣

篆刻的古往今来

篆刻的古往今来

　　五百年篆刻流派的发展史，是继承传统、开拓创新的历代印家自强不息的颂歌。百劫不磨的历代艺术杰作既是珍贵的文物，同时也是前人在披荆斩棘、勇猛精进的探索中留下的艰辛和喜悦的实录，由此寄托他们对艺术人生的信念和追求，这是一份值得珍视的历史文化遗产。研究五百年艺术流派的兴衰，对于正在身体力行、努力开拓的当代印坛无疑有着深刻的现实意义。

《篆刻的古往今来》

清代印学三大师

　　赵之谦（1829—1884），字扱叔、益甫，号悲

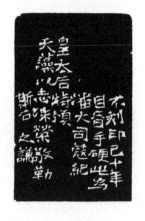

赐兰堂
篆刻：赵之谦
边款：不刻印已十年，
目昏手硬，此殊荣，敬
勒斯石，之谦。

庵、无闷、冷君、憨寮、子欠、坎寮、梅庵、笑道人、婆娑世界凡夫等。生于绍兴，咸丰举人，任过江西南城知县。知识渊博，书画篆刻皆精，主编过《江西通志》及《仰视千七百二十九鹤斋丛书》，著有《悲庵居士诗滕》《国朝汉学师承续纪》《补寰宇访碑录》《二金蝶堂印谱》等。

他的篆书自邓石如得法，而秀倩灵动，魏碑功力深，一些印的边款拓出后直逼六朝造像记，不亚于古人。以书法线条入画，用色瑰丽，主要成就在印。同治元年（1862）之前，他自称"书画篆刻尚无是处"，壬戌以后，一心开辟道路，打开新局。在印的边款中，他曾云："皖浙两宗可数人，丁、黄、邓、蒋、巴、胡（唐）陈（曼生）。"先师法过浙派，也取法皖派名家，从秦至隋前金石文字取精用宏，形成个性。钱币、诏版、汉灯文字给印文造型带来新血液，他自言"取法在秦诏汉灯之间，为六百年来摹印家立一门户"不是吹牛。印文笔

癖斯
和峤有钱癖，杜预
有左传癖，非余
斯焉癖斯。甲戌
二月，昌石道人。

划的丰富、开张、歙动，并有韵致。他的印钤在纸上，有笔有墨，不见刀石，是独特创造。邓石如以后，细圆朱文印推赵第一，超过吴让之。边款上刻人物、风景，前无此格。

他生在兵荒马乱中，生活贫苦，妻又早故，频年多病，努力从佛家意识求解脱而仍陷入悲苦，号悲庵，悲不唯个人命运，亦时代使然，印中悲苦之情，有一定代表意义。能在印中抒发真挚感情，打动读者，自是一流作者能事。

吴昌硕（1844—1927），原名俊，一名俊卿，字仓硕、仓石，别号苦铁、缶庐，辛亥革命后以字行，曾入过吴大澂幕，有幸见到许多古代名作及青铜器物，后任安东县令，一月即挂冠去苏沪卖艺为生，传人有赵古泥、王个杉、诸乐三、沙孟海等。他是诗书画印兼通的大师，擅长写石鼓文，浑涵苍郁，印中亦时而摄入不似之似的石鼓结体及笔法，加上秦汉玺印，封泥瓦甓，汇入浙皖诸贤长处，化古出新，自成一格，气旺神清，壮美风仪，流行中、日、朝等国，影响空前。他毕生好学，老而弥笃，治学"一

目怜心

日有一日之境界"，有百川归海的气度。他标榜钝刀入印，刀并不很钝，只是运用得宜，涩畅兼施，刻好后又用鞋底稍加磨擦，英风内敛，益显豪辣。他把何震所开创的猛利风格推到最高点。

黄士陵（1849—1908），字牧甫，亦作穆甫、牧父，别号黟山人、倦叟，安徽黟县人。曾在广州入吴大澂幕，长期住在羊城。弟子李尹桑评其印："悲庵之学在贞石，黟山之学在吉金。悲庵之功在三代以下，黟山之功在三代以上。"接近事实。时代给予他的知识来源更多，好些出土文物为前辈所不曾见。黄处于赵吴两大家丽日当空之际，能接受二家之长（从悲庵获益更多，而赵蕴藉吴雄强难合一炉），远宗邓氏，上溯三代，终于自立门户，也是一流巨星。他的印一刀不多，一刀不少，化险为平，真中寓弹力，外形似板正，而内蓄波澜恣肆，迄今无人超过。继其学者颇多，乔大壮最受行家称道。

《读印随想》

各有千秋，意味深长

在明清的篆刻流派中，吴昌硕和黄士陵是最后的两位大师。他们以各自鲜明的艺术个性和惊人的艺术创造力使晚清的印坛呈现出最后的辉煌。

吴昌硕的篆刻初学徐三庚和钱松，后取法吴熙载，继而师事秦汉玺印、封泥瓦甓。他以三代吉金乐石的线条结体，运诸毫端，貌拙气盛地书写石鼓文，发展了篆法，所以他的刻印，结体用笔能一变前人成法，加之以钝刀切石，尤见淳朴老辣，奇趣横生。他在诗书画印上的精湛造诣，使他最后在传统的基础上，悉揽众长，形成苍劲郁勃、浑朴高古的特点，开创了写意手法的新境界。在吴昌硕逝世后的六十多年中，得源于吴派的印家代不乏人，影响之大，遍及海内外。相比之下，多年侨居广州的黄士陵则不能与吴昌硕同日而语。黄士陵的创作起初也是由浙派入手的，后取道邓石如、吴熙载，兼及赵之谦。他早年之作，完全是吴熙载的家数，后到北京国子监肄业，得见三代遗文，开阔了眼界，在金石学研究方面有新的创获。他的篆书峭拔诡谲，渊懿朴茂，刻印则锋锐挺劲，光洁妍美。

黄士陵诞生较赵之谦迟二十年，较吴昌硕迟五年，他早年的博采众长及审美情趣与赵之谦并无二致，他创作的活跃期也正是吴派刻印风靡印坛的时候，但终究因取舍不同，通过对金文专注深入地研究，更益以他有关的文字学学识，遂能在赵吴两家盛名显赫之时另辟一条康庄大道，以刚健峭拔、生辣浑朴的新面，平中寓险的奇特风貌与吴昌硕的乱头粗服、斑驳苍茫形成了意味深长的艺术对照，从而成为赵吴之后震惊晚清印坛的第三个大家。他的学生李尹桑说赵之谦的功夫在于贞石，黄士陵的功夫在于吉金，可以概括两人的同中之异。黄士陵的风格完全是新的，而又不背叛传统，他的独具慧眼也就在这里。

《篆刻的古往今来》

浙皖篆刻的风景

18 世纪中叶，钱塘的丁敬首先以浙派的雄姿崛起于浙江。这里作家辈出，前有黄易、蒋仁、奚冈，后有陈豫钟、陈鸿寿、赵之琛、钱松等人，后世称之为"西泠八家"。丁敬的刻印发扬了秦汉玺印的优良传统，由于他在诗文、书法和金石文字方面的精湛修养，因此能博采众长，所作质朴清刚，遒劲浑厚，在当时的印坛有耳目一新之感。黄易等人师承丁敬，发扬光大，各有面目。陈鸿寿英迈爽利，赵之琛尤擅切玉法，到了他们这一辈，浙派的篆刻，技巧上已发展到极致。乾嘉时期，在印坛的势力之盛，莫过于浙派，当时师承浙派的人都以赵之琛为宗，于是艺术生气渐趋沉寂，流弊丛生，每况愈下，浙派刻印经历了绚烂之后已面临衰颓。钱松之作直追汉人堂奥，曾摹印二千余钮，以苍古朴茂别树一帜，影响了后世的吴昌硕，惜他逝世较早，无力挽回浙派的江河日下之势。

就在黄易、陈鸿寿驰骋于印坛之时，安徽怀宁的邓石如以非凡的艺术创造力和卓越的书法造诣，在篆刻的天地里开拓了崭新的领域。邓石如初以何震、程邃为宗，后尝试以小篆和碑额的体势笔意入印，打破了浙皖两派谨守汉印法度以缪篆一体为宗的复古思想的藩篱，扩大了篆刻的取资范围和知识领域，为后世的篆刻家开创了广阔的前景。邓石如的作品历经厄运，原石保存至今已经很少，但他的成就并不限于他的作品，更重要的是在篆刻史上作出的具有革新意义的重大贡献。受到他影响的吴咨和徐三庚固然是重要的代表，但真正将邓派推向高峰的无疑是他的再传弟子吴熙载。

篆刻自丁敬和邓石如出现，如水出夔门，大有一泻千里之势。明清篆刻流派在经历了文何和早期皖派筚路蓝缕的奋斗之后，姹紫嫣红、欣欣向荣的前景已经翘首可望了。

《篆刻的古往今来》

文彭的典雅秀逸，何震的流利苍古

明清篆刻流派的产生，经历了一个漫长的孕育阶段。元赵孟頫诗书画印可称一代大家，在艺术实践上首创圆朱文入印。吾丘衍的《学古编》则从理论上加以阐述发挥，王冕首创花乳石治印，从印材的改革上为篆刻的发展铺平了道路。至明代文彭、何震，则对沿袭已久的九叠文风气，举起师法汉印的旗帜，从而作出继往开来的伟大贡献，文彭的作品典雅秀逸，何震师出文彭却一变为流利苍古的格调，效之者甚众，成一时风气，遂成为当时印坛的领袖人物。在明代至清初的印坛上苏宣、程邃、汪关、巴慰祖、胡唐都是出类拔萃的人物。接受何震艺术渊源的这一派印家，传统上称为皖派（或徽派）。明清篆刻流派由文何创始，经过几代印家的努力，在师法秦汉的道路上，创作经验和印学理论的积累逐渐增多，终于达到它的全盛时期。

《篆刻的古往今来》

至秦汉两代，玺印已臻于极盛

我国的玺印是书法和雕刻的完美结合，而书法又重于雕刻，因此作为一种特有的工艺，又称为篆刻。它因实用而产生，发展到作为美的艺术欣赏，经历了一个漫长的发展时期，至秦汉两代，玺印已臻于极盛。顺应我国文字的发展嬗变，扎根于深厚的历史文化土壤。我国古代的印人，在极小的方寸之间，通过分朱布白的手段，取得了疏密参差、离合有伦的高度艺术成就。秦汉玺印作为精湛瑰丽的艺术典范，在我国的传统艺术史上留下了极其辉煌的一页。

《篆刻的古往今来》

"九叠文"的出世

在隋唐时代，一种新的入印文字——盘曲折叠，停匀齐整，风格纤巧，以填塞印面为能事，但多少也倾注了制作者对当时通行文字的艺术美化——被称为"九叠文"的变体取代了秦汉玺印的缪印篆，而从东晋官府开始改用纸帛来替代秦汉的简牍制度，伴随封泥的消亡，传统的汉白文印改变为清晰醒目的朱文印，也是势所必然。

《篆刻的古往今来》

游刃有余，左右逢源

正廉的进取不是到此为止，他的前程非常宽广，他所刻笔笔有来历，刀刀有准绳，使人看后觉得旧的传统新的创意都具备了，有如饮佳酒，回肠荡气之概，这是时下所无的。例如朱文"万岁不败""茗屋""三涸香室""韩云记""龙行虎步""气如风雷"诸印都表现了正廉的跌宕生姿、老辣朴华的手法，令人叹为观止，白文"江南楚三""率真""楚三彷徨""楚三之印"则又是一番风情，下刀犀利，稚拙可爱，在黄牧甫之外又一天地。纵观正廉的篆刻，无论在结构、用刀、虚实诸方面都达到了游刃有余、左右逢源的自由王国，实在可喜！

《印海语丝》

齐白石刻印

齐白石刻印，初从浙派及赵之谦、黄牧甫等人入手，曾礼吴昌硕为师。后至北京，风格全变，去所学诸家之印甚远，完全独立，自成一家，其技法采用冲刀，下刃便定，决不削改，朱文也是如此。齐白石是雕花木匠出身，故有印《木人》《大匠之门》两方，这是他的独白。当年得陈师曾嘘植，求刻者颇众，咸以能得一齐印为荣。其边款后期甚少着墨，大都仅署"白石"两字。

《白石二题》

流转婉约、清丽脱俗

看了近日朵云轩展出的《陈辉篆刻展》，感到有不少话要说。

记得在 1975 年，友人介绍陈辉到我家里来的时候，他还是一位中学生。几年来，他已经临摹了数百方浙派名家之印和秦汉印。在篆刻艺术中，秦汉印一向为后世篆刻家所取法，陈辉在秦汉印方面花了很大功夫，在他以后的作品中不少可看出秦汉印的风格，并富有创新精神。1983 年全国首次篆刻评比，年方二十二岁名不见之经传的他，一举夺得一等奖，这虽令不少人感到意外，其实并非偶然。

陈辉从余游多年，他话不多，学艺却十分踏实。首次得奖，并没有使他昏昏然，而是仍旧默默地钻研篆刻艺术，尤其是近年来，他费时三载，替我钤拓了所收藏的近五百方藏印，计百余卷，在他钤拓过程中，对其中赵之谦、黄牧甫、吴昌硕等的原作进行了潜心的研究。赵之谦的工整秀逸、黄牧甫的挺拔古拙、吴昌硕的苍劲朴茂均有吸收，形成他流转婉约、清丽脱俗的鲜明格调。

《印海语丝》

才气横溢，不可一世

大约在十五六年以前，学生祝遂之还在乡间剧团里担任小提琴手，同时他一方面已经在研究篆刻了，有一次来沪，他把习作取出来要我指点，我很惊奇他年龄这样幼小，却刻得既有传统，又有创获，使我不禁要问，你是从哪一年开始搞篆刻的？他说早在小学时代就开始了，其时有老师陈茗屋指点他刻印的道路，应如何如何，遂得循正轨而奔驰，作出了当时的成绩。后来考入浙江美术学院书法篆刻研究系当研究生，得沙孟海老师的指授，在原有的基础上又突飞猛进，卒业后即为沙老所敦聘，在沙老处担任助理多年，现又回到他的母校任教去了。他学识丰富，经验深邃，是一位年轻的学者，现在出版的《祝遂之印存》，可以看出他的师承和自己孜孜不倦的磨砺，他的创新，颇具法度，才气横溢，不可一世，不是唾手而得，或者哗众取宠者所能比拟，因为真功夫在他的心中腕上。

《印海语丝》

布局工稳宽博，面目朴茂秀丽

印人涂建共，是近几年在印坛声誉鹊起的青年篆刻家，以格调清新、布局工稳宽博、面目朴茂秀丽见长。其中有一方"独上高楼，望尽天涯路"印，虽冲力排挤，却轻灵取势，一任自然，得汉印工整一路神髓，见吴让之刀法之灵巧，所以在首届西泠印社全国篆刻作品评展中获优秀作品奖。

《印海语丝》

隽美有味，古朴厚实

我曾经说过，边款是印章的一部分，实在不可以忽略，所以篆刻家必须留意于书法。从坤炳同志的印作看，显然他是和我同意的，所作边款都隽美有味，尤其是阳刻边款，古朴厚实，充分显露了他的书法根柢。

《印海语丝》

小议刘华云的篆刻

书画篆刻，作为我国的传统艺术，需要一定的艺术素养的滋润和长期的技巧积累，专精一门已属不易，博涉兼善更为人称道。

华云于书画印研习有年，艺坛称其兼擅三艺，无愧也。而篆刻一道，女性历来很少涉及，杰出者更少或以为学识所限，或以为腕力太弱云云。其实女性习印，在主观意识和社会氛围方面都面临挑战。染指篆刻者，遭贬斥轻视者固然有之，但有时似乎也容易成名，稍有成绩，舆论往往降低标准，赞美有加，女性事实上很难获得与男性同等接受评论的待遇，这种宽容的不公平由来已久矣。华云的过人之处，除了勇于冲破传统的陋习和自我束缚外，更对于一时的褒贬，只当作秋风过耳，而独行其是。由于她具备了较深的艺术素养，更在于不屑以操刀刻石点缀其多才多艺，而能努力把握其艺术特质，于篆刻的分朱布白、刚柔浓纤之中进一步拓展其美术素养，由金石情韵转之于柔毫彩墨，则自有一番新的境界。因此我以为华云对篆刻研习的收获，除了其刻印能不让须眉外，当在于书画上的进境，尤其是她绘画上沉着的笔力和新奇的章法，显然受到秦汉玺印的诱导。

《〈刘华云书画篆刻集〉序》

精严奇肆，各臻其妙

　　天祥的治印入手较早。他转益多师，早岁即游学于著名书画金石家黄蔼农先生"蔗香馆"，由此得见秦玺汉印、诏版镜铭、晋砖汉瓦及先贤手泽，开阔了眼界。初师晚清诸家，朱文流转中见刀笔，意在让翁悲庵之间。白文力追汉铸印神韵，其后直入秦汉堂奥，致力于汉凿印的研究，于是精严奇肆，各臻奇妙。他于印款，也用力甚勤，好四面长款，以隶楷见胜，峻峭攲侧，极为浑朴生辣，有时施以大片并笔，苍古茂密，与蒋山堂有异曲同工之美。时效北魏《始平公造像》作阳文款式，盎然天趣，冠绝时辈，成绩较之印面，有过之而无不及。其书法心仪伊秉绶隶书的浑涵拙重，这对他的刻印不无影响。此外，他又是一位制砚雕钮的能手。

他的创作意趣，早先多以醇厚渊雅为尚，他师法秦汉，形神兼备，不逾规矩，无论绵密虚灵，雄厚秀劲，都使摹削造作、徒具形貌者难以望其项背，他的大小各异的自用印《延陵天祥章》《延陵吴天祥章》《天祥曾观》诸钮均为其代表。近年则由平实走向跌宕，喜以三代吉金铭文及甲骨文字入印，用刀峭拔凌厉，笔势酣畅淋漓，表现出他新的追求，如《立教定三尊》《公道自在》等。我认为此种尝试与探索，蕴含着希望和进步，因为必要地反思，经历否定和再否定，是一切成功者走向新境界的必经之途。

《天祥的印象》

方圆合度，谨严精到

由沙孟海先生题鉴的这部《縠夫印存》共收录了印作一百二十方，大体反映了徐氏刻印的基本风貌。他的白文以铸印和玉印的面目为常见，篆法方圆合度，章法谨严精到，用刀干净利落，由此展现出端壮浑朴之美，巨印"起凤腾蛟"，以及"谈家桢印""弱胜强"等印为上乘之作；"万里黄河万古流""橙碧"，则是切玉法的代表作，他成功地把握了汉玉印绰约流转、缜密妥帖的特色，读来有心旷神怡的愉悦，章法的自然妥帖，配篆繁简得宜，是一方印成功的关键。这要求作者有较多艺术鉴赏上的积累，须博览诸家印谱，才能左右逢源，化险为夷。他刻朱文当以圆朱为最擅，虽然他也时有仿古玺的朱文和平直挺锐的细朱作品，其中也不乏佳制，但较之珠圆玉润、细腻婉转的圆朱文总还嫌略逊一筹。这里所见的"紫云楼"一印颇有吴郡叶潞渊的神韵，"扭转乾坤共担当"则逼肖安持精舍主人陈巨来。圆朱印如功力不到，则易板滞，他的作品，在笔划起收转折处都能细致表达出书法笔意来，由此也可以想见他对印作功夫的重视。

《徐谷甫的刻印》

神味融入刀石笔墨之间

徐谷甫的刻印一方面能力追秦汉，把古玺印的神味融入刀石笔墨之间，但另一方面，在他的创作中又分明洋溢着属于他个人的艺术情感，这是一种以简洁、明快的表现手法创造的平和宁静的境界，使读者产生亲切可人之感。

《徐谷甫的刻印》

委曲不欲忸怩，古拙不欲做作

我们不能不看到，在"创新"的旗帜下，无视篆刻的传统的作者，矫揉造作，奇异怪诞，胡乱刻凿的劣作还存在着，盛誉之下，追随者比比皆是。由此我感到，徐谷甫君能以一贯严肃认真的创作态度去实践他的艺术观、完善他的艺术风格是十分难能可贵的，诚如叶潞渊先生引用明人沈从先的印论称赞他的那样："奇不欲怪，委曲不欲忸怩，古拙不欲做作。"艺术风格的表露往往是作者精神面貌的映照，这种对待事业的真诚是所有从事艺术劳动的人必备的品质。

《徐谷甫的刻印》

神完气足，游刃有余

徐谷甫君对鸟虫篆印的研习致力甚多，鸟虫篆印具有浓厚的装饰意趣，因此与平实一路的汉铸印相比较，更具备工整妥帖、对称匀净的图案化倾向，谷甫作的这一路印，无论大小朱白，均能神完气足，游刃有余。朱文多见挺劲生辣，锋芒毕现，细若毫发，轻若游丝，似断还续，笔意仍是淋漓尽致，刀法纯熟由此可见；白文则小印秀润、巨印沈雄。

《徐谷甫的刻印》

叶潞渊：书画皆工，尤精冶印

潞公为吾浙先辈篆刻家赵叔孺氏入室弟子。初宗西泠诸子，尤酷肖陈曼生；旋法秦汉，兼及皖派，对于古器物凡有之各种铭文，都能融会贯通，冶于一炉，而自立门户。所作堂皇安详，寓变化于整齐之中，藏奇崛于方平之内，洋洋乎吾子之风。高野侯、高络园昆仲、叶遐翁、褚礼堂、沈尹默、吴湖帆、梅兰芳、唐大石诸氏及予所用印，多出其手。

前人曰：印品即人品。潞公硕学高士，古道可风，澹于名利。时人以识荆为荣。1979年，作为上海书法代表团之一员访问日本，更得日本书法篆刻界之赞誉。

《〈叶潞渊印存〉序》

需要付出艰辛劳动

在书画篆刻艺术领域，无论是工笔还是写意，无论是雄奇奔放还是工秀婉约，都只是作者不同审美情趣的表露，我们没有必要厚此薄彼，相反还应该提倡艺术风格的多样化，这是不言而喻的。无论是哪一种风格，都需要作者付出艰辛的劳动。

《徐谷甫的刻印》

刀法和笔法的完美结合

对于世清同志的篆刻，我是很欣赏的。他的作品注重的是整体的气势，努力体现刀法和笔法的完美结合，但并不作细腻的修饰。线条以平直为主，用刀多见冲刀，爽利劲健，落落大方，所以他的印风总的来看是趋向豪放一路的，但仿汉的作品又凝重朴茂，得含蓄宁静之美。如他刻的《刘海粟印》《艺海堂》两钮，前者结体平正，方中寓圆势，笔意生动；前后两个"海"字稍作变化，后者活泼有动感，篆法上似乎受到邓散木一派的影响。"艺海堂"三字布白妥帖，"堂"字的垂笔甚有气势。《跨海长桥布衣》一望而知是取法齐白石风格的，虽然在用刀的豪迈泼辣上还不如白石，但并笔大胆留红自然是其长处，在他的刻印中仍不失为佳作。《神驰王朗》也是效法白石老人的，用刀猛利，不事修饰，惜刀法变化较少，线条粗细过匀是其短处，但质朴自然，无局促卑下之态。四川王朗是大熊猫的著名产地，世清同志自 60 年代即尝试以泼墨法为熊猫写生，持续有年，而无缘入川作实地观摩考察，所以刻此志憾，这是他 1977 年的作品。《敝帚》刻于 1979 年，即怀念潘天寿为其题画所作。章法能照顾到虚实呼应，刀法追求苍老朴茂的情调；《一瓦室》的线条细而不弱，三字的分布也颇见巧思。

《洪世清的篆刻》

雍穆浑厚，如力能扛鼎之壮夫

宜兴曹辛之兄字曲公，余旧友也，不见几二十载矣。曲公原擅书籍装帧，而于书法、治印、刻竹、装帧，亦无不精妙，名重京师，寸楮拱璧。此卷为其治印偶存，诸作类多以金文入印，与晚清之黟山黄士陵（牧甫）所刻，截然两途。牧甫以犀利错落胜，得力于刻辞；曲公以雍穆浑厚胜，出入于铸铭。牧甫所刻，若体态婉约之少妇，复若女声之高音；曲公所作，如力能扛鼎之壮夫，又如男声之低音。谱中所收尤以"人间正道是沧桑""克家藏书""丙辰""红百合室""尹""白头相见江南""汪道涵""汪静""冈""雷父"诸作为最。二家途虽各殊，其调均高。环视以金文入印其余诸家，均不能逾越。牧甫、曲公之所为，足见欲开新径之不易也。

《〈曲公印存〉序》

小议吴颐人

我与颐人老弟交往近三十年，故他对艺术之真诚追求，我知之甚详。他早年为生活奔波，备受艰辛，却始终苦学不辍，勇猛精进。他的篆刻由秦汉玺印入手，博涉晚清诸家，又复归于秦汉。多年来，他苦学研习，摹集了大量玺印资料，积稿盈尺，刻印逾万，除出版有《青少年篆刻五十讲》《中国古今名印欣赏》《篆刻

茅盾

问答》等著述之外，还创作了《鲁迅著作印谱》《祝君福寿》《孙中山名号》《辛亥革命人物》《茅盾印谱》（合作）等专集多种，理论与实践相辅相成，终于能在扎实的传统基础上逐渐融入自我的气质修养，显示出他的个人风格。

《〈篆刻法〉序言》

金针度人之举

我国的篆刻艺术，源远流长，明清以来大家辈出，各领风骚。近年来，我国的印坛呈现出空前繁荣的景象，面临着青少年可贵的学习热情，很需要有一批指导性的书籍来做他们的良师益友。颐人从事教育工作多年，谙熟教学语言及由浅入深的教学手段。自应聘担任上海师大美术系兼职副教授及主持上海师大全国篆刻函授中心教研工作以来，对国内篆刻艺术的教学事宜尤为关注。为教学工作之需，乃以多年苦学实践的心得之言，写成《篆刻法》一书，真是金针度人之举。

《〈篆刻法〉序言》

篆刻是一种书法和雕刻相结合的艺术

篆刻是一种书法和雕刻相结合的艺术,其起源最初是为了实用。经过唐宋、元明清时代的篆刻家,继承了秦汉玺印的传统,逐渐使篆刻发展成为一种独立的作为欣赏的艺术。它与书画的发展相结合,形成了我国特有的一种艺术,同书画相映成辉,古来流派纷繁,大家辈出。

《〈篆刻五十讲〉序言》

时间是无情的

当今耽于治印者颇不乏人,其间循规蹈矩者有之,自我作古者亦有之,且为数更多。我以为印固宜陈言务去,力求创新,墨守陈法不是我们所要提倡的,但置传统于不顾,胡乱舞刀,以哗众取宠为尚,则已堕入邪魔,不可救药矣。目前竟有妄自尊大者,以光怪陆离的所谓创新眩人,自鸣得意,一时固能在无知者中走红,但时间是无情的,未必在百年之后仍站得住脚,且待历史论定吧!所以我们治印,既要尊重传统,复须有所发展创新,如果走入歧途,那就不能算是创新,而是另外一种游戏而已。

《〈吴颐人印存〉序》

放亦有道，老辣纵肆

颐人治印，先从汉人入手，每作必工致精到，不稍懈怠。至四十许渐放，复致力于周秦古玺的研究，并结合于创作。以其根底扎实，放亦有道，不作劣马乱奔。书法初学晋唐人，后转汉简，至四十而已入佳境。他在治印与书法二者之间，能相互为用，不断促进，故所获甚伙。其刻印，或以汉简代篆，别开生面，乃前无古人的创举，其跌宕险峻处，使人见而生爱，倾倒不置；间作肖形印，质朴奇丽，自成面目，不与诸家风格相混，古拙之趣，直追武梁祠刻石，以其究源竟委，成绩斐然。颐人刻印款，恒以汉简出之，老辣纵肆，见者无不击节称赏，亦前无古人，所作类多阴文，偶有阳文，其体势较刻于印面者尤为淋漓尽致。

《〈吴颐人印存〉序》

云气漫山山接天

唐梅宋柏曹溪寺我直唐梅未著花慨想東風花經日嫣紅數綻托明霞昆明池邊甲午三月□□志�】

古柏红梅

篆刻的艺术风景

为陈毅刻印

在抗战初期的 1938 年，友人李仲融同志从苏北新四军中来上海，到万叶书店找我。其时天气已入初夏，他还穿着一袭羊皮袍子，问他热不热，他说还可以。仲融到上海来找我是为了要刻印，同时也为陈毅市长托刻一印。记得那回在印面上刻了"陈毅"白文两字，所以陈市长早已知道我，一到上海，首先来找我。那次我去见他时，在事前又刻了两方石章带在身边，一为白文"陈毅"，一为朱文"仲弘"，石质是赭色猪肝青田冻，他接过这两方印章在手中掂掂，仔细看了又看，很高兴地说："我没有研究过这门学问，可以说是外行了，但觉得你刻得很不错，很有功力。我以前通过李仲融同志请你刻过一方印，很是谢谢！"陈市长总这样谦虚而爽朗的。

《一方印认识了陈毅市长》

郁达夫还有一方名章未曾刻

达夫知道我在书籍装帧之外，也从事书画篆刻，因此，有一次他送来一方青田，要我为他刻个名章，我欣然答应了。记得我为他刻的是"郁达夫"仿汉三字白文印，那时他好像已住在杭州，常来上海。虽然他对篆刻不是行家，但看了我为他刻的印，却赞赏说："我虽不懂篆刻，看了这方印，悟到这和写文章一样，不能平铺直叙，要有丘壑，要能够概括，应收的收，应放的放。我看这方印疏密对比之处大有丘壑，三个字的笔画概括得真好，可省的地方都省了，这是收；可增的地方不惜大增，这是放。高手高手！可能我还要求你为映霞刻一颗。"但后来他一直没有再来要求我刻过第二方印。

《忆郁达夫先生》

独步书坛的于右任

于老对我有深情，如果好长时间不去看望他，他就会想起我，在朋友面前问："君匋近来好吗？怎么不来看我？"我知道他在念着，就抽空去跑一趟。一次我去看他，刚走进门，他见了我就说来得正好，随手把刚出版的《右任墨缘》，送了我一部。厚厚的两册，其中影印着他的书法精品，印刷和纸张以及装订，都非常精美，与原作不差毫厘，封面题字是于老的好友经子渊先生的手

于右任为钱君匋写的堂名

笔。子渊先生的字学南碑《爨宝子》，和右任先生的学北碑，正好遥遥相对，是两位大家。但这时右任先生已经从北碑转入行草，因为有北碑的打底，所以于老笔下的行草，个性很强，另有一番风味，即把北碑行草化，行草北碑化，由此而产生了一种奇丽的书体，即所谓"于体"。右任先生亦成为颠狂以来，难得出现的能独步书坛的划时代的大师。

《"于右任书法展"感怀》

赵之谦、吴昌硕、于右任

赵之谦在书法上第一个写北碑，创了新局面；吴昌硕在书法上第一个写石鼓，创了新局面；于右任和他们不先不后，在书法上以北碑为底，熔章草、狂草、今草于一炉，也创了新局面。他们可说是异曲同工地跑在创新的大路上的。

《"于右任书法展"感怀》

无雷同，引人入胜

自刻的姓名印，印面文字大都相同，如果没有变化就有味同嚼蜡之感，同时，也显不出篆刻家胸中所蕴藏的才华，所以自刻的姓名印，往往较其他的自刻印更独具匠心。例如赵扐叔的二十来方"赵之谦印"，就各具面目，无一雷同，引人入胜。吴让之和吴昌硕的也都如此。

《篆刻家的自刻印》

篆刻家也有兼容并蓄与自我独尊

篆刻家大都是欢喜用自刻印的，但也不尽然。有的自始至终只用自己所刻的印，别人即使为他刻了印，而且刻得尽善尽美，他们也一概摒而不用。如西泠八家之一的陈曼生，对于赵次闲（亦为西泠八家之一）为他刻的"鸿寿私印""曼生"两白文印（刻得不算不工），就从来没有用过。新浙派赵扐叔，有邓派吴让之为他刻的"赵之谦""二金蝶堂"两白文印，也没有见他用过。

吴让之的朋友姚仲海为他刻过白文"吴让之印"，他也没有把它用到书画作品上去。也有人除用自刻印外，也兼用别人为他刻的印。如西泠八家之一的奚铁生，在书画作品上，常常钤用黄小松（亦为西泠八家之一）为他刻的"奚""冬花庵""鹤诸生"等印。赵次闲得到陈曼生为他刻的对角朱白文"赵之琛印"和白文"次闲"等印，就用到书画作品上。不像陈曼生那样有了赵次闲为他刻的印而搁着不用。李尹桑曾为赵叔孺刻了白文加边栏的"赤鄞赵氏之玺"等印，赵叔孺便经常将它和自刻的印并用。这部分篆刻家兼用他人所刻的印，似乎比较谦虚一些，没有唯我独尊的味道。齐白石为了杜绝伪造他的绘画作品起见，还特地请人刻了一枚钢印，轧印在作品的角上，和他朱色斑斓的自刻印并用，以示真迹。这倒是别开生面的用印法。

《篆刻家的自刻印》

篆刻家的自刻印

篆刻家为自己刻印，是一件极其平常的事，篆刻家决不会专门为别人刻印而不为自己刻印的。当然刻印数目多寡不同。有些篆刻家喜欢为自己多刻一些，例如齐白石，他至少为自己刻过三百方。他不是有"三百石印富翁"这样一个别署么。吴让之、赵扡叔、吴昌硕等人为自己刻的印章也不少。邓石如为自己刻的也比较多。他们有的刻了百来方，有的刻了数十方或十来方。也有刻得不多，因为年代久远，加以种种原因，已经磨灭了的。这样的篆刻家亦不少。如何雪渔的自刻印，至今还没有发现过，即为最显著的例子。

《篆刻家的自刻印》

自刻印的趣话

自刻印一般不限于只刻自己的姓名，往往把自己的里居、别署、斋馆、校读、鉴藏以及纪年等等，都刻到印章中去。也有以自己作的或别人作的诗文警句入印的，自己的姓名，每个篆刻家都自刻过，这是可以断言的。刻别署、里居、斋馆等的人，也是多得不可胜数；刻诗文警句的人，要算吴昌硕和齐白石两人了。例如"一月安东令"是吴昌硕自己的句子，他曾经三度刻画。"湖州安吉县，门与白云齐"，是他摘取唐人周朴《题安吉董岭水》诗的开头两句入印的（后面还有"禹力不到处，河声流向西"两句），共刻了两方。"老夫无味已多时"，则摘刻姜尧章《赋蜡华》间的。齐白石的"牵牛不饮洗耳水""接木移花手段""三千门客赵吴无"等印，都是自己的句子，"一襟幽事，砌蛩能说"，则出自宋人周密的词。他们两人，吴昌硕刻别人的句子为多，而齐白石则刻自己的句子为多。至于刻纪年印，有单刻天干地支的，如赵叔孺便是，他顺着"甲子""乙丑""丙寅"这样刻下去，一直刻到"乙酉"，每年一方，一共刻了二十二方。而齐白石则喜欢刻数目字，如"七十三岁后锈""吾年八十矣""年八十六矣""九二翁"等，刻了不少，大约有一二十方之多。他不是不刻干支的纪年印，间或也有几方。邓散木则喜欢用"戊戌入世"这样的纪年印来代替"庚寅生""丙午生"等。

《篆刻家的自刻印》

从制作到使用

印章在古代，制作者不一定就是使用者。经过相当长的历史时期，到了文人画兴起和发展以后，印章在书画作品以及一般题识上的应用逐渐频繁起来，加以发现了印章新材料"花乳石"，不若铜玉等的质地坚硬，容易镌刻，于是使用者能够自己篆而刻之，不必假手工匠。这样，印章的制作者有时就是印章的使用者了。

《篆刻家的自刻印》

文三桥：制作和使用第一人

明代的文三桥，是一位大篆刻家，这是众所周知的。他所刻的印章，到现在为止，只发现牙质朱文"七十二峰深处"一印。从这方印的印面及款识来看，印面六字的篆法，的确是他一贯作

钱君匋印

风，款识的用笔和结构，与他平时书法落款的风格相同，可以代表他的真迹（也有个别鉴家认为不一定可靠）。以这方印的风格，来比照他的书法作品上所用的印章，凡风格和这一印的风格相符的，即可断定是文三桥自己刻的。这就是说，印章的制作者和使用者同为一人，文三桥可以作为最初的代表者之一。

《篆刻家的自刻印》

篆刻家的自刻印，也是一道风景

篆刻家的自刻印，所用石材，有的人比较讲究些，有的人则极其随便。齐白石的几百方自刻印中，可以说无一佳石，都是一些极普通的青田、昌化、寿山等石材。吴昌硕的自刻印，一般也是极普通的劣石，但是他有两匣不下二三十方极佳的田黄。

从篆刻家的自刻印，可以看出篆刻家对于印面文字的安排、篆法、刀法各方面的苦心经营，并且表现了他们无穷无尽的想象力。

《篆刻家的自刻印》

食古不化，易淘汰

再看旧时代刻家所刻，印面文字必须用篆书，如果有人以篆书以外的各体书入印，便会受到卫道者们的指摘。名高如西泠八家之一的黄易（号小松，清人），曾以八分书入印而受到非难。通过铁笔刻成的印章，文字多半是拼命求古，这样去群众则愈来愈远，其不得时可谓事出有因。时至今日，能执毛笔的人已经不多，能认识篆书者恐怕更少，况且能认识并不等于能欣赏。铁笔之为冷门，恐早就被注定了的。

《冷门——铁笔》

赵之谦用印：如鱼得水，一气呵成

赵之谦的绘画，其风格雄健清新，笔墨淋漓，一变当时柔婉纤弱、黯然无神的风尚。他所用的自刻印章，都是在汉印的基础上，兼采秦汉六朝金石文字，从浙派而趋向皖派，又不为此两派所囿，开辟了新的天地，雄健清新，走刀如笔，其风格与其画相一致。他的印章用在他的绘画上，一气呵成，如鱼之得水，非常融洽。

《印章和绘画》

吴昌硕用印：相得益彰，结合无间

吴昌硕作品的风格浑朴厚重，苍劲古拙，一反晚清画坛上因袭的风尚；与赵之谦一样，自辟门户。他在画上所用的印，也都是自刻的。他的印从封泥、汉印中出来，其风格一如其绘画，浑朴厚重，苍劲古拙，创造了前无古人的境地。他的印与画的配合，自是相得益彰，结合无间。

《印章和绘画》

齐白石用印：天衣无缝，好到极点

齐白石的绘画，由奔放老辣，洗练浓艳，创造了与赵吴不同的面貌，自成一派，其声誉之远，影响之深，无出其右。他的画与他的印的风格也完全吻合。他所刻的印多单刀直入，不加修饰，奔放洗练。在他的画上用他的印章，真是天衣无缝，好到极点。

《印章和绘画》

黄牧甫的早年往事

　　篆刻家黄士陵，字牧甫，亦作穆父。今安徽省黟县黄村人。生于清道光二十九年（1849），卒于光绪三十四年（1908）。黄士陵的父亲黄仲穌，除诗文之外，对于许氏之学，亦极精研。黄士陵幼年受他父亲的教诲，旁及篆刻。由于他对当时的科举取士，没有像对书法那样地热衷，所以早在一二十岁时，在书法和篆刻方面，就已经名闻乡里了。他的父母相继去世后，他的生活变得异常贫困。在生活的驱策下，他奔向南昌，投靠开设照相馆的他的从兄。虽然那家照相馆很简陋，但靠着它还可以糊口。照相术在当时刚从西方传入，还很不普遍，是一种新兴事业，但在封建士大夫眼中看来，它与西法镶牙一样，同是属于下等的职业。可是黄士陵将它和篆刻书法一视同仁，津津有味地钻研着。

　　　　　　　　　　　　　　　　　《我所知道的黄士陵》

"好学为福"的黄牧甫

　　"好学为福"，是他早年所刻的自用印，学吴熙载的痕迹很显然，没有独创的面目。给书家陶濬宣所刻的几方，是中年以后的事。文冲、稷山、心云，都是陶濬宣的字。陶濬宣是浙江会稽（今绍兴）人。"渊明四十五世孙"一印的章法颇奇，其边款为："文冲系出浔阳，自元季迁会稽，至文冲凡四十五世，谱系一线不绝，世世名位，皆可稽也。庚寅十二月黄士陵刻。"

《我所知道的黄士陵》

赵之谦骂人

他有一封为了魏锡曾没有复他的信而将其大骂一场的信："……自前月迄今，不知发过多少信，而一字不复，真乃怪事！弟生平待友最真，何阁下以荒谬对耶？寄石来时恳切如此，早知如此之一信不复，不如一石不刻之为愈矣。可杀，可杀！现在弟为无识，又将各印一一封寄，此信到日，若竟无一字来，则魏稼孙狗心鬼肺，神人共愤矣。前此寄尺牍价便嫌少，亦必写一收到之条（自此以后，竟不发一信，吾以汝为死矣）。嫌少尽可再说，岂脚要烂断，手先烂断耶？从前屡有人说稼孙之为人可恶，弟不觉其可恶，今则不惟恶之！可见赵益甫眼力有限，竟为汝等鬼蜮伎俩所蒙矣。……"魏锡曾收到这封被大骂的信，并不介意，竟把它珍藏之，作为鉴赏之物。

《赵之谦刻印二三事》

黄牧甫刻印：古茂渊懿，峭拔雄深，无法不备

黄士陵的篆书，风格属于渊懿朴茂的一路。他的篆刻，主要

得力于金文，峭拔诡谲，有新的创获，能在皖浙两宗派次第衰歇时异军突起，独开一派。罗惇曧论他的刻印说："牧甫先生篆刻力追三代吉金，秦汉玺印，间仿钱币，旁及瓦当，古茂渊懿，峭拔雄深，无法不备。或庄若对越，以方重而转奇；或俊或跳跃，以欹斜而反正。随方变化，位置天成，气象万千，姿态横出。前有扬叔，后有缶庐，可谓印人中之绝特者也。"黄士陵的学生李尹桑，亦曾论他的刻印说："悲庵之学在贞石，黟山之学在吉金。悲庵之功在秦汉以下，黟山之功在三代以上。"我觉得他的话很概括，能够说明黄士陵所作印的特点。

《我所知道的黄士陵》

赵之谦的严格

赵之谦对于印面所用文字，要求比较严格，字面不雅和不易布置的他不肯勉强下刀。魏锡曾曾经要他刻"悌孙"两字的印，他认为这两个字的字面既不好，文字本身的结构又不易布置，因而没有照刻，改刻了"悌堂"两字；江湜（弢叔）要他刻"弢叔诗草"四字，他认为此四字有市气，没有刻（均见致魏锡曾书）。唯一的例外是，他曾经刻过一方朱文"坦甫"印，"坦"字极难处理，他在边跋中刻云："篆不易配，但求其稳……"我看赵之谦勉强所刻的印恐怕只此一方而已。

《赵之谦刻印二三事》

一丝不苟、不惮重刻的赵之谦

赵之谦刻印的谨严，可以从他在下刀之前经营篆法的情况中看出。他对每一印面的布置，均就字形及字与字之间的因素而给以各种独特的设计。他为魏锡曾刻过一方"魏稼孙"的三字白文印。他对这三个字的布置，一定经过很多的思索和设计，当刻成之后，认为还不理想，未能尽达其意，就磨而重刻，成为现在所见的能够列入他的代表作的那一方。重刻的和第一次所刻的比较起来，自然是重刻的布置妥帖，结构新颖。他对刻印的一丝不苟、不惮重刻的态度，由此可见。第一次所刻的那方印已经被他亲手磨去，拓本极罕，只魏锡曾所集的《二金蝶堂印谱》中有之，大概可以说是孤本了吧。

《赵之谦刻印二三事》

赵之谦刻印趣事

赵之谦性喜诙谐，在挚友之间是不拘形迹的。有一次，赵之谦刻了一方白文"思悲翁"三字印，边跋作隶书"奚冈"二字，挟之以骗魏锡曾，说是奚冈的作品，和他的别署正相同，为他所得，真乃巧遇。但是魏锡曾一接手就揭穿了他的骗局。这件事见魏锡曾所集的《二金蝶堂印谱》中于此印同一页上的记载。他亲笔写道："㧑叔既刻此印，戏署奚款见示，欲以相诳，余觉之，乃相视而笑，书此以发其覆。稼孙识。"

《赵之谦刻印二三事》

赵之谦刻印：不随便与人

　　赵之谦为人刻印从他致挚友魏锡曾（稼孙）的信中看来，是比较谨严而不随便与人的。不若他的书法、绘画，接受请托的面比较广；尤其是书法，要算是最广的了。因此，能够得到他的刻印的，不过五六十人。而且这五六十人之中，有的也仅得到一二方而已。只有和他特别接近的如魏锡曾、沈树镛、胡澍等人，得到他的印比较多。

《赵之谦刻印二三事》

好人曹辛之

　　刻印，实在是一件难事，人们以为刻印很方便，只要用刀尽力在石头上刻，刻到哪里就算哪里，以为刻印就是这么一回事。其实不然，他必须有书法的基础，还要有刻的技巧，对于排列、布置、风格、神韵都要跟上，五花八门，搞得你团团转。而辛之的刻印则上面所提的行当都能克服，他的刻印就能够刻得非常好，虽然看去好像觉得还应有点什么，其实这是他的缺陷，正因为如此，更加觉得他的篆刻高了一层。辛之喜欢我的刻印，每次寄石头给我的时候，总是仔仔细细说上一大堆。其实我的刻印因为刀儿玩熟悉了，刻去便有一定的程式，不关照也会如此做的。我为他刻了不少印章，因他也是行家，不敢怠慢，所以颗颗都刻得极其精细，如《人怜直节生来瘦》《曲公书课》《曲公》《辛之》《抱竹轩》等印，都是我的细心之作。他也觉得我为他刻的印章都是宝贝，要他的后人珍而藏之。可惜在他的生前没有请他为我刻过印，这只棋子是走错了，现在想来实在是大大失策，悔之晚矣！

《想起了曹辛之》

赵之谦的"汉石经室"印往事

赵之谦在北京的时候，为沈树镛刻了一方朱文印"汉石经室"，结体凝练，刀法娴熟，是他的代表作之一。沈树镛请他刻这方印的时候，汉《石经》的拓本还没有买到，是预题以俟汉《石经》之来的室名。赵之谦在此印的边跋上记曰："小蓬莱阁及《石经》残字，闻尚在人间，韵初求而得之，铭其室以俟。癸亥秋，悲庵刻。"不久汉《石经》竟为韵初花二百金买到，价可谓昂矣，不过拓本确佳。此本后面之跋，覃谿共写七页。"然可厌特甚，此公学浅，胆大可恶。"（见赵之谦致魏锡曾书）当沈树镛买到了拓本之后，赵之谦为了祝贺他的如愿，又在那则边跋后面加刻了两行："是岁除夜，韵初来告，已得《石经》，元旦早起，亟走相贺，出此纵观，欢喜如意，遂记于石。"已有边跋而加刻之，在他的刻印中只此一方。现在头一则边跋的拓本亦极罕见，魏锡曾所集的《二金蝶堂印谱》中有之，也可算是孤本了。

《赵之谦刻印二三事》

从劲挺中求秀丽

"寥廓江天万里霜"一印，"寥"篆作"廖"（"寥""廖""廫"相通，古为一字）。"廓"与"郭"通，为避免两个"广"旁，所以采用了"郭"字，使"广"不重出，而有变化。这是在处理印面上文字之间的相互关系时所必须研究的。

"寥廓江天万里霜"比较平实，我在许多地方还微微地留有刀痕。"战地黄花分外香"，从劲挺中求秀丽，斜笔的"花"字在印面正中，四围各字都有一些倾斜笔画与之呼应。我想这样就不会觉得"花"字斜笔太突出，可以协调一些。这种细微的地方，在构思布局时，是不应该轻易放过的。

《印面和边款》

署名、题字是锦上添花

署名、题字和印章是中国画不可或缺的组成部分。它不但为构图所需要，而且佳妙的题跋和隽永的闲章还能取语言艺术之长，增造型艺术之色，让欣赏者留下无穷的回味，得到更深的美的享受，诚所谓锦上添花者也。题跋必须精练，必须切画，必须题写在最恰当的地位。这也是我努力追求的目标。

《〈钱君匋作品集〉后记》

线的内涵，力的游走

篆刻的影响，在于线的内涵，力的游走，构图的疏密照映，而不是斤斤计较某一笔源于某碑，得某家神韵。那样，只会养成手工业式的匠艺目光，不能高屋建瓴，由浅入深。

《谈赵之谦的〈白莲〉》

边款，能补充印面内容之不足

篆刻不仅要刻印面，还要在印的侧面刻上作者姓名，以及年月等等，甚至还有篆刻诗文图画的。边款有如我国绘画上的题跋，能补充印面内容之不足，也能婉曲地诗意地阐发印面的情趣，使人浮想联翩。

《印面和边款》

谈唐铼百

最近，唐铼百同志悉心地刻了周恩来同志《春日偶成》绝句二章之一。这组作品，分为四印。这四印的功力，体现了他篆刻艺术的高度水平。第一印白文"樱花红陌上"，五字的排列非常妥帖，笔画匀称，没有呆板之感，分朱布白，恰到好处。用刀如用笔，老辣而又含蓄，不是久于此道者不能达到这个境界。第三印也是白文，"燕子声声里"五字，分成三行，其结构之佳，同"樱花红陌上"有异曲同工之妙，但刻法不同，不分粗细线条，颇有汉代玉印的遗绪。第二印为朱文"柳叶绿池边"，分行作了变化，结构颇近赵古泥的杰作，错落有姿。刀法的娴熟，可以在这里透露消息。第四印"相思又一年"作朱文，排列和第一印相同，刻法和第二印略异，线条较粗而略带方整，看去非常有力。这种平正的刻法，难度较高，只有老手才游刃有余，不费吹灰之力而达到化境。这一组印，是值得大家学习的典范之作。

《唐铼百的篆刻》

吴昌硕后能继其箕裘的人

有位老翁，生活极其朴素，言谈彬彬有礼，心地非常善良，刻得一手好印。他不求闻达，安于乡村的环境。这就是老一辈的篆刻家唐铼百先生。

唐铼百在幼年时期，就喜欢书法，开头学欧，
宫》，接着改学颜真卿的《家庙碑》。十三岁以后，进而学写吴昌
硕所书的《石鼓》，并研究篆刻。旋得原钤本《赵之谦印谱》，无
间寒暑，废寝忘餐地摹刻，甚至刻破了手指，仍坚持不辍。他还
和邓散木、白蕉、来楚生密切往还，亦师亦友。他能够在篆刻上
取得如此的成就，和他所付出的艰苦劳动、转益多师是分不开的。

唐铼百常常十分自谦地称自己的作品为"不登大雅之堂"，
但是海上名画家如田桓、唐云、朱屺瞻、陆俨少、程十发诸氏，
一见到他的所刻，都非常钦佩，认为有朴茂老辣之趣，自成一家，
为吴昌硕以后能继其箕裘的人。

《唐铼百的篆刻》

鲁迅的指引

什么是书籍装帧

　　我国的书籍装帧，和其他各门文学艺术的传统有着相应的共通关系，属于东方式的淡雅的、朴素的、不事豪华的、内涵的风格。书籍装帧这个名词是外来语，含义包括一本书的从里到外的各方面的设计，即书的字体、版式、扉页、目次、插图、衬页、封面、封底、书脊、纸张、印刷、装订，以及书的本身以外的附件，如书函、书箱之类等等。我国宋元的精椠本，就是体现这些项目的具体实物。

《书籍装帧》

创新的"字中角圈点"为"毛选"所采用

　　五四运动以后，鲁迅印了他的著作，先有《域外小说集》，是由群益书社出版的，书的版式还和《天演论》以及当时的《新青年》杂志等书刊一个形式，但封面已受外来影响，加上装饰图案，并请陈师曾题了篆书书名。这是鲁迅对书籍装帧的革命的第一步。后来出版《呐喊》时，书的装帧由他自己设计，在版式上也加以改革，即篇名的占行增多了，字与字之间加了四开衬铅，圈点放在字中，使之疏朗醒目，并采用了没有切过的毛边。后来有许多出版物都照这种形式，成为一种风气。这里我要附带谈几句，我对鲁迅这种把圈点放在字中，各占一字地位的形式，经过多年的摸索，根据实际的书写情况，把各占一个字的字中圈点改进了一下，即逗号、顿号，各占半个字地位，冒号、分号、句号、问号和惊叹号，各占一个字地位，排在字的右下角，叫做字中角圈点。解放后，我的这种改革，即直行字中角圈点的版式，被直排本《毛泽东选集》所采用。另外一些直排本，也都采用这种版式，风行一时。

鲁迅的书籍装帧别具一格

鲁迅对书籍装帧——封面的提倡，可说是不遗余力的。他自己也投入了这项工作。由于他的博学多能，对我国传统的书籍装帧有精深的研究，所以出自他的设计的书籍，风格非常优美新颖。例如他运用我国线装书的传统形式，设计了《北平笺谱》的封面和扉页、序言、目次等，用幽静的暗蓝色宣纸作书面，书名用签条形式，请沈兼士题字，用白色宣纸加框，黑字朱印，粘贴在书面的左边偏上角，用粗经线装订，一派清丽悦目的风格，使人爱不忍释。扉页请天行山鬼（即魏建功）题字，字体近似唐人写经，古朴可喜。序言请郭绍虞用秀丽的行书挥洒，近似恽南田的书体，活泼流畅，使人在阅读序言的同时获得书法的欣赏；目次也由天行山鬼书写。对笺谱的绘画者及刻版者这一项设计，也是别开生面，凡是找不到刻版者的姓名的地方，用一条与刻版者姓名等长等宽的长方黑块代之，这是动过脑筋的好设计。笺谱的幅式有大小宽窄，所放的位置也曾经过严密的考虑，都给予最恰当的安排。这是必须对古典版式具有一定的素养的人，才能作出如此优秀的设计来的。通过这部书的设计，可以证明鲁迅对书籍装帧的精通了。

《书籍装帧》

鲁迅的书籍装帧庄重雅洁、耐人寻味

后来鲁迅又把这种古典书籍仅用文字作为素材的封面设计，运用到他的著作《呐喊》的封面上来。就是把古典书籍的直长方形的书名签条，改变为横长方形的一个书名色块，签条的粗线框改变为细线框，围在色块的四周，书名不用名家题字，采用了图案字，横列在色块的正中，略偏于上半部，下列作者姓名，翻成阴文，用黑色印在深红色的封面纸上，位置居中而略略偏上。将

《绘画鲁迅小说全集》封面

这种古典式的仅用文字的签条式封面设计改变为他自己的设计，真是非常巧妙。这种设计，后来效法的人很多。使用文字为素材的封面设计，鲁迅的其他著作如《二心集》《南腔北调集》《伪自由书》等，不下近十种，都是由他手写书名及作者姓名，极其淳朴地用一行黑字印在洁白的封面上，看去非常庄重雅洁，耐人寻味，和那些花哨得使人眼花缭乱、卖弄小聪明的设计，不可同日而语。

《书籍装帧》

不只是封面

现在我们所说的书籍装帧，仅指封面一项而言。封面设计是书籍的外观，不是整个书籍装帧。30年代的书籍装帧，一般指的就是封面，不涉及其他。不过，我们应该提倡全面的书籍装帧，封面固然要搞，而版式、目次、扉页、衬页、封底等，都应该同样重视，在设计时应该全面顾及，不要以搞好封面设计就算满足。

《书籍装帧》

鲁迅说装帧

1928年6月初，同学陶元庆从江湾立达学园来上海开明书店找我，约我同去探望鲁迅。我就跟着他踏着浴在朝阳里的石子马路步行到景云里。记得是许广平来开的门。鲁迅一听见是元庆和我，就急忙让到楼上坐。元庆首先为我介绍，并说如果以后在印刷上有什么事，可以找我。这时，元庆为鲁迅的著作已设计了不少书面，在谈话中，话题逐渐转到了书面设计上来。元庆说是不是可以运用一些中国古代的铜器和石刻上的纹样到装帧设计中去。鲁迅对这个意见非常赞同，很感兴趣，认为可以试探一下。他说："我所搜集的汉唐画像石的拓本，其中颇有一些好的东西，可以作为这方面的部分借鉴，现在时间还早，不妨拿出来大家看看。"说着，便端出一大叠拓本来。由于幅面很大，必须铺在地上才可以看到全貌。楼上地方较窄，铺不了多少，便改到楼下客堂里。他把这些拓本铺了一地，随铺随作解释，娓娓动听。铺了一层，上面又铺一层。我们一时目不暇给，只好浮浅地浏览过去。时间很快，一眨眼已经将近十二点钟，只好匆匆结束，我们兴辞而出。

《装帧琐话》

那些年，那些人

民初很有些作者，如沈泊尘、丁悚、但杜宇、郑曼陀等人，他们所作，大都是"月份牌"式的。沈泊尘很有国画的底子，人物树石，似乎受有费丹旭（晓楼）的影响，可惜死得太早，没有留下多少作品来。丁悚仍健在，他的作品较多，有雅洁质朴的风格，是接受了民族传统技法的结果。但杜宇的作品和丁悚的截然两途，有艳丽清新的风格，线条特别优美流利。他们两人也时常为小说作插图，能曲尽文意；又都曾经出版过《百美图》，风行一时。郑曼陀主要是画月份牌，间亦作封面画。

他们所作的封面画，一般都是时装美女，和书的内容有时不甚相关。书名往往配以书法家或者名人所写的字，与画面总觉得很别扭，不相协调，图案字是很少采用的。

《装帧琐话》

《新青年》的标新立异

《新青年》月刊，在 1915 年创刊。后来它成为中国共产党的机关刊物，在我国无产阶级革命事业，以及在我国新文学的发展上，所起的作用极为巨大，就是在装帧方面也起了先行的作用。

第一卷的《新青年》，还用《青年杂志》这个名称，其封面为彩色套印。这个设计把书面分作三截，上边的一截，在一个长方的框子里，画了一排坐着念书的青年，以一行五线谱作为框子下边的边缘；中间的一截，用花边作成马蹄铁的形状，其中印了外国名作家等像片；横在最下部的一截，把出版者及其出版地点组织在一行带状花边里。《青年杂志》四字，用红色的图案字，放在中间一截的右边，绚烂夺目，卷数期数放在左边，在这上面加了一个雄鸡报晓的标帜。整个看来，整齐而有变化，不论在结构上、色彩上，都很醒目。

第二卷改名《新青年》后，装帧也随着改变了。《新青年》三字的图案形体很好，用红色印在上端，颇觉庄重稳定；中部用一单纯的黑色花边框子，把要目印在其中。后来又改为"井"形的设计，似嫌简单枯燥了一些。第八卷起又换了一种设计，中间用一平面圆形的地球，两只手从左右两边伸向中心，互相握着，巧妙地表达了"全世界无产者，联合起来！"的意思。

继之出版的四本季刊，以用速写形式来描写的"革命党自狱中庆祝革命之声"的一个画面为骨干，配以北魏书体的《新青年》三字，使这个设计取得协调。这是用绘画形式来设计书面的一个范例。

《新青年》所有设计，虽然在技法上似乎还有些不足，但大都是立意新颖，含意深长。书籍装帧在当时正处在萌芽时期，这些作品，无疑地起到了先行的作用。

《装帧琐话》

鲁迅的《域外小说集》

和晚清通俗小说的封面差不多同时出现的，还有一种健康的封面设计。这种封面设计，给后来这方面的事业很大的影响。

这种封面设计，最初是在鲁迅所印的书上出现的。他早年用文言来翻译的《域外小说集》，这在他的文学事业上，是特别值得珍重的早期文献。此书 1909 年出版于东京，用的是青灰色的封面纸，上端饰以带状的图案，作一胸像侧面希腊妇女，在迎接初升的太阳，技法颇为雅洁精练。紧靠它的下边，用圆润秀挺的篆书，右起横写书名"域外小说集"五字，下端以较小的字标明册次。这个设计，使人感到庄重完美，可以列入佳作之林。

除此以外，他在 1903 年出过一本《月界旅行》，是科学小说。书名用隶书直写，并在其上亦以隶书分两行标明"科学小说"，虽然比较简单了一点，但是很大方，看来与科学小说很相吻合。后来在 1906 年又出了一本《地底旅行》，封面作火山海涛，完全以写实手法出之，又经过一番剪裁，火山与海涛都碰在一起。书名用楷书，右起向下倾斜横行。虽有变化，但是并不理想。这两个设计都没有《域外小说集》来得佳妙。

鲁迅的这几本书的封面，尽管是早期的，但在当时书籍装帧弥漫着庸俗作风的情况下，能够特立独行，不与众流，正是他的过人的卓见、过人的魄力，是值得我们敬仰和佩服的。

《装帧琐话》

林译小说的封面

当时商务印书馆所出的林译小说，其封面采用外来形式的花边图案，另有一种风格。

《装帧琐话》

鲁迅的鼓励

在鲁迅生前，我有幸和他认识了，并且在这方面得到他的鼓励和启示。1927 年 10 月间的一个午后，鲁迅穿着一件灰色的长衫，到开明书店来访问章锡琛，那样儿十分温文庄重，可敬可亲。他见到我装帧的《寂寞的国》和《破垒集》等书，就诚恳地对我说："很好，有一些陶元庆的影响，但自己的风格也很显著，努力下去是不会错的。"他这番话更坚定了我搞书籍装帧的信心。

虽然几十年过去了，这番话却一直留在我心中。同年11月，陶元庆邀我一起登门拜访鲁迅。鲁迅一见我俩，马上请到楼上坐。闲谈中，话题转到书籍装帧上面。元庆说，是不是可以把中国古代的铜器和石刻上的纹样运用到装帧设计中去。鲁迅非常赞同，就给我们看了他所收藏的一些石刻画，边看边谈论这些石刻画的妙处，认为我们在装帧设计上可以借鉴。鲁迅这一课上得太精彩了，后来我作《古代的人》和《东方杂志》等书的装帧，就运用过这种画像的技法。鲁迅看到后很赞赏，要我为他的书设计装帧。例如鲁迅翻译的《艺术论》《十月》和《死魂灵》等书，就是我装帧设计的。

《书籍装帧五十年》

源头

如水的流光真快，我从事书籍装帧艺术到现在为止，忽忽已经度过了漫长的六十一个年头。记得在20年代里，我从丰子恺、吴梦非两位老师学习西洋绘画时，也涉及图案这门学科。同窗好友陶元庆，对这一行特别有研究。我和他住在一个寝室里，两床相接，每当夜深人静，我们还在絮絮叨叨谈个不休。在这种情况下，我才接触到书籍装帧这门艺术。

《〈钱君匋装帧艺术〉后记》

"钱封面"的来由

许多名家的作品集，差不多都是我经手装帧的。因为我装帧的东西多了，朋友们打趣地说我是书籍装帧"托拉斯"。当年，丰子恺以画杨柳燕子而著名，人称"丰柳燕"；还有个擅长画牡丹的国画家张大壮，被叫做"张牡丹"；大家也给我题了一个"钱封面"的外号。

《书籍装帧生活五十年》

一炮而红的"钱封面"

在从事书籍装帧艺术的队伍里，我算是比较早的一人，1927年我参加上海开明书店工作之后，我设计的文艺书刊的装帧层出不穷，在社会上铺开了。接着，当时我国首屈一指的大出版家商务印书馆所出版的五大月刊，如沈雁冰主编的《小说月报》（沈雁冰编《小说月报》是 1921、1922 年。这里钱先生记错了。——编者注）、叶绍钧主编的《妇女杂志》、杨贤江主编的《学生杂志》、周予同主编的《教育杂志》，以及钱智修主编的《东方杂志》，也先后来约我装帧。在这样的形势下，我顿时出了名，四面八方的作者、读者，对我的装帧都产生了莫大的兴趣，赞誉备至，读者常常在开明书店附在每本书中的《读者意见卡》上，一致赞许我的装帧，表达了他们的喜爱之情。作家则千方百计要和

《小说月报》第二十卷第一号 封面

我交朋友，希望我能为他们的著作披上一袭珍贵的艺术外衣。要求我为他们的著作装帧的作家、杂志社、书店愈来愈多，使我应接不暇，于是有几位相熟的朋友如章锡琛、夏丏尊、叶圣陶、陶元庆、邱望湘，老师丰子恺和陈抱一，发起为我订立了一个《装帧润例》，由老师丰子恺写了《缘起》，印发给来求者，如能按例先纳稿酬者应之，否则不应，加以限制。这样，才挡住了户限为穿的求者的猛势。这是因为当时从事装帧艺术的人实在太少，而求者却纷至沓来之故。还有些书店向作家约稿时，甚至连提出请钱君匋设计装帧也是一项重要条款，真是无奇不有。

《〈钱君匋装帧艺术〉后记》

开装帧史上先河的"装帧画例"

  《钱君匋装帧画例》，除印成单页外，还发表于 1928 年《新女性》月刊第三卷第十号。《缘起》写道："书的装帧，于读书心情大有关系，精美的装帧，能象征书的内容，使人未开卷时先已准备读书的心情与态度，犹如歌剧开幕前的序曲，可以整顿观者的感情，使之合适于剧的情调。序曲的作者，能抉取剧情的精华，使结晶于音乐中，以勾引观者。善于装帧者，亦能将书的内容精神，翻译为形状与色彩，使读者发生美感，而增加读书的兴味。友人钱君匋，长于绘事，尤善装帧书册。其所绘封面画，风行现代，遍布于各书店的样子窗中，及读者的案头，无不意匠巧妙，布置精妥，足使见着停足注目，读者手不释卷，近以四方来求画者日众，同人等本于推扬美术，诱导读书之旨，劝请钱君广应各界嘱托，并为定画例如下："封面画每幅十五元，扉画每幅八元，题花每题三元，全书装帧另议，广告画及其他装帧画另议。1928 年 9 月，丰子恺、夏丏尊、邱望湘、陶元庆、陈抱一、章锡琛同订。"还有一则附告：1. 非关文化之书籍不画；2. 指定题材者不画；3. 润不先惠者不画。收件处为开明书店编译所。

《〈钱君匋装帧艺术〉后记》

诗情与现实的追求

　　至于我的装帧艺术，说来惭愧，我对每一件作品思考琢磨多于用笔描绘，二者的比较，思考时还要深远而有诗情，还要新奇而完美，但作成印出，初看还差强人意，不到几天，就连自己也觉得不满意了，更何况拿出来给别人去看，即使群众能说声好，专家们未必会含笑点头。所以我一直沉浸在苦思冥索中，想尽方法要前进，前进更前进，要想达到顶点，但顶点是永远达不到的。

《〈钱君匋装帧艺术〉后记》

忘不了鲁迅

　　鲁迅对书籍封面的设计，是偏重于作为书籍的精美的装饰的，但也并不排斥高度概括书的内容化为形象的做法。陶元庆为鲁迅的译著所作的封面，如《苦闷的象征》《出了象牙之塔》《唐宋传奇集》等，即属于前者；《朝花夕拾》《彷徨》等，则属于后者，但也有例外。鲁迅于 1926 年 10 月 29 日致陶元庆信，托他为《坟》设计封面时说："可否给我作一个书面？我的意思是只要和《坟》的意义绝无关系的装饰就好。"但陶元庆在设计时没有遵循鲁迅的这个意见，却有意采用了高度概括书的内容化为形象的手法，作出了像现在我们所见到的那帧杰作，鲁迅也深表满意。鲁迅为自己的著作设计的封面，则着眼于作为书籍的精美装饰。他能融合我国线装书的风格。如《北平笺谱》，就纯粹移用线装书白色长条的书签，黑字朱印加框，贴在封面左边偏上角的地位，使与右面几行装订用的白丝线相映成趣，真是落落大方，静雅宜人。他为自己的著作《呐喊》设计的封面，则是从这种朴实无华的传统设计发展而来的：改直长的签条为横长的方块，书名和作者的文字翻成阴义加框，印在封面的中心，略使偏上；一种稳重朴雅之感，直扑读者的眉眼，是一个优秀的设计。能作出这种发展，构成这个设计的，非有这方面的渊博素养是办不到的。后来如《热风》《二心集》《南腔北调集》，以及其他许许多多的这类封面，都是从仅用文字为素材的传统的书签形式发展而来的。这些设计都是属于作为书籍的精美的装饰的范畴，是十分典型的。

《〈鲁迅与书籍装帧〉序》

在巨匠的影响下

十八岁那年，我读完了艺术师范，学过西洋音乐和绘画。鲁迅的同乡好友章锡琛创办了开明书店，聘请我做美术音乐编辑。从此，我正式开始搞书籍装帧专业了。那时候，伟大的五四运动带来了新文化的勃兴。我在当时全国出版中心的上海，荣幸地接触过许多新文化运动的旗手、老将，包括鲁迅、郭沫若、茅盾、叶圣陶、胡愈之、郑振铎、丰子恺、巴金、陈望道等。他们出版的集子，绝大部分由我设计装帧。我高兴地看到，在反帝反封建的斗争中，书籍装帧艺术作为一种轻武器，为抨击旧世界、迎接新社会出力助威，作出了一定的贡献。当年第一批由我装帧设计的新文学作品，一经发表就引起了全社会的关注。我记得这些作品有：湖畔诗人汪静之的诗集《寂寞的国》、小说家黎锦明的短篇小说集《破垒集》《尘影》、茅盾的《欧洲大战与文学》《雪人》、胡愈之的《东方寓言集》《莫斯科印象记》、周作人的杂文集《两条血痕》等。鲁迅说："钱君匋的书籍装帧能够和陶元庆媲美。"这话当然是对青年作者的热情鼓励和扶植。我给茅盾的弱小民族短篇小说集《雪人》所设计的封面，运用了新的技巧，有一点诗意。我着眼于"雪"，把雪花放大，加以夸张变形，再配上日光反射的色彩，形成了一个新颖的图案，而不是原著的简单图解。茅公觉得这个设计颇有别出心裁的地方，夸奖了一番。当时全国闻名的《东方杂志》《小说月报》《妇女杂志》《教育杂志》和《学生杂志》这五大杂志，连续几年都委托我装帧设计。它们都是传播新文化新思想的期刊，我采用富有民族特色的新手法来设计，受到了读者的好评。

《书籍装帧五十年》

西山晓色

独立苍茫

封面设计不是随便画的

民族化与现代化

有人问，封面设计要不要民族化、现代化？我说是要的，我的意思是既要民族化，而又要现代化。我以为民族化和现代化是融合在一起的。没有民族化，只有现代化，就分别不出这是出于哪个国家的设计；仅仅民族化，老是在一成不变的古老的东西里翻筋斗，也是没有出息的。民族化不能停留在模拟、搬用上，现代化也要有别于一般商品设计。我想它们之间总应该有一段距离。

《书籍装帧》

封面设计不是随便画的

封面设计，顾名思义，总要有浓厚的书卷气，

《文艺哨兵》封面

要含有一种内在的感情，要有曲折，要有隐晦，不能直截了当地和一般绘画那样地写实。每一个画种都有它的特具的个性，这种个性是无法混同起来的。即使运用了一般的绘画，也要思索一个方案，使它能够适合于书籍的精美的装饰。随便用一幅什么画放到封面上去，这种不动脑筋的作法应该反对。封面设计不等于任何自然画，不能随便让哪一个画家随便拿一幅画来胡乱放上封面去。如果一个封面设计得和一个一般商品一样，仅仅着眼在说明商品的本身，拿商品炫耀人的耳目，也过于浅薄。封面设计最怕作为书籍的低级图解。如果这样来对待，就失去了封面设计的艺术意味和艺术价值，应该尽量避免。从事封面设计，必须要研究一下图案的法则，图案和自然画是完全两个范畴，不能说每一位画家都懂得，如果没有图案的素养，下笔就会格格不入。

《书籍装帧》

书籍装帧像一只高级的扩音喇叭

书籍装帧又像是一只高级的扩音喇叭，要把书的内在精神溶化在用点、线、面以及色彩所构成的画面上，正确清晰地传达到读者的心中，从而使读者理解书的内容的大概轮廓，引起阅读的兴趣。装帧是书籍的美丽的外衣，起到装饰的作用，能使读者见了喜爱得不忍释手。好的装帧，放在橱窗里或者书架上，因其突出，一定会被读者首先看见。书籍装帧虽然看起来是一件不那么大的作品，但形成却是不容易的，而是比较艰辛的。

《〈书籍装帧艺术〉序》

小议尚佩芸

记得 1980 年，我到中央工艺美术学院讲学时，住在校尉营胡同一家宾馆里。有一个雪夜，我的年轻的同道、书籍装帧家尚佩芸女士，挟着她的装帧作品来看望我。我们毫无隔膜地热情地谈了一些书籍装帧上有兴趣的问题。我看了佩芸同志在三十年中积累起来的近百幅作品，心潮澎湃，感动不已。她的作品，绝大部分符合我在前面所说的。她的成就不是偶然的，不知耗费了多少血汗，经过多少摸索才得来的。如果没有她的艰苦的努力，就达不到这种境地。

佩芸同志曾在1980年、1981年及1986年的全国书籍装帧设计优秀封面评选中，连获了三次奖；她的《中国震撼世界》《蟹工船》等书的装帧，就是得奖的力作。她于1985年，参加了"书籍装帧艺术家十人作品展览"，获得了普遍的好评。这几年在书籍装帧理论的研究、写作中，又出了新的成果，发表了多篇论文，备受各界赞誉。

《〈书籍装帧艺术〉序》

书籍装帧比较复杂

书籍装帧是比较复杂的，不像油画、水彩画等自然画那样，只要对自然的描写成功了就算。书籍装帧应当具备自然画的雄厚基础，还须加上自己独特的意象。基础有了，意象不佳，仍不能成为上乘的书籍装帧，何况还要反映书的内在精神，还要通过选用材料、制版印刷等来反映，有时还须涉及整本书的其他设计。是不是复杂，由此可以想见。

《〈书籍装帧艺术〉序》

和谐就是美

书籍装帧在我国，有其特殊的形式，这种形式表现为单纯、洗练、朴实和静雅。宋元的精椠本，就是这种传统的极好实物。它不但装帧具有朴实无华的设计，书签和扉页的题字，也往往出自名家的手笔。在版式上，字与字之间，无不注意呼应和协调，比如笔画多寡悬殊的字碰在一起，或外形大小太甚的字碰在一起，都能运用书法规律进行调整，前者互作屈伸，使笔画停匀，后者适当收放，使外形减少突兀，每一个方块字都能有机地相处在一行之间，整个版面便呈现浑然一体、优美悦目的气势，和现代用活字排成的版面各异其趣。

《〈鲁迅与书籍装帧〉序》

封面，相当于歌剧的序曲

书籍装帧应该是对一种出版物的全面印制设计，这里所谈的，只是指它的一个部分——封面。一本书的封面设计得好坏，直接影响到读者的阅读情绪。好的设计可以引人入胜，爱不忍释。封面设计或者纯粹成为一本书的精美的装饰，或者高度概括书的内容并化为形象。它犹如一部歌剧的"序曲"，聆听了它的音乐语言，可以得到歌剧的一个大概的面貌，从而使人的心情进入歌剧的中心，梦一般地沉醉在它的故事中，享受无上的音乐美。封面设计对一本书籍来说，也同样有此作用。

《〈鲁迅与书籍装帧〉序》

《新港》7-8 期（1960 年）封面

曾经解放思想

完全用文字为素材来设计的封面，也不少，最早有为周扬编
的《文学月报》的设计，完全用汉字和阿拉伯字，阿拉伯字倾斜
颠倒，代替花纹。解放后为《收获》《新港》《文学评论》这些文
学期刊作的封面，都是使用文字为素材来设计的。这种设计，就
是用文字，包括拉丁化拼音文字以及外文，作为装饰图案来形成
画面。我在 30 年代也曾经解放思想，学过未来派的手法，设计

过用报纸剪贴了随后加上各种形象的封面设计，设计过用许多飞舞的色块来作为《地狱》的封面。这只能算是聊备一格，不过能从这里说明思想解放的程度。

《书籍装帧》

三言两语说友人

例如司徒乔，他的作品是用钢笔画的技法来制作的，比较写实，没有什么图案意味，和别人的作品完全两样；陈之佛所作的封面，都用古图案为素材，古朴浑厚，不同于陶元庆等人风格；张光宇和张正宇兄弟两人的作品，有中国传统木刻的形式，对人物、事物的形象都加以变形，非常耐人寻味，又是一种风格；后来有郑川谷，他的作品大胆而洗练，图案的成分十分浓厚；沈振璜的作品，清新而有活力，颇能吸引读者；莫志恒所作的作品，比较淳朴厚重。以上几位，除莫志恒还健在外，其余的几位都已作古了。现在还健在而很活跃的老一辈的大家为蔡振华，他的作品思想性极高，技巧缜密娴熟，画面有图案的独特趣味。曹辛之的作品非常蕴藉优美，有诗意，有梦境，有民族的优秀风格，他同时又是诗人，对篆刻、竹刻有甚高的造诣，又精于装裱书画。张慈中的作品，非常洗练，构思极其高雅，常常有出人意外的设想，用色用笔都极其精到。

《书籍装帧》

善于从书籍装帧之外求书籍装帧

在他（编注：鲁迅）的培养和扶植下，最著名的设计者是陶元庆，他为鲁迅的绝大部分著作设计了极其优秀的封面。陶元庆为鲁迅设计的封面，以及为许钦文所设计的封面，绝大部分是作为书籍精美的装饰的，如鲁迅的《苦闷的象征》《唐宋传奇》，许钦文的《故乡》《鼻涕阿二》等。把书籍内容高度概括而成为形象的，则如鲁迅的《朝花夕拾》《彷徨》等。其中有一本《坟》，鲁迅写信请陶元庆设计时，提出只要作为书籍的装饰，可以与书的内容无关，但陶元庆却没有根据鲁迅的意愿，为他作出了现在大家所见到的那本《坟》的封面设计，其中有树木、棺材、土坟等的形象。可以说一反鲁迅所提的建议，而采用了把书的内容高度概括成为形象的那种手法，设计出了这个优秀的作品。陶元庆之所以能取得这种独特的风格，不是单靠孤立的绘画技术，而是靠善于从书籍装帧之外求书籍装帧。

《书籍装帧》

从音乐中研究装帧

我研究了音乐，就要把音乐的旋律、和声、节奏、音色等，想尽方法和封面设计结合起来。当然，音乐语言不就是绘画语言，也不就是封面设计语言，但它们有一个共性，可以相互影响，相

《流浪集》封面

互运用。封面设计，也应该有旋律，有节奏。音响的效果等于色彩的效果，如果把从事音乐创作的手法，用到封面设计中去，所取得的效果一定会不同寻常的。再如一个歌剧，首先有一个序曲，通过序曲的音乐语言，可以调整听众聆听观赏歌剧的情绪，使之对歌剧的内容先有一个大轮廓，逐渐引进歌剧的音乐和剧情中去，使之陶醉，得到艺术的享受。封面设计也有这种作用，可以说封面就等于歌剧的序曲。古代有一位大书法家，他所写的字已经很好的了，但他有一次看了舞剑以后，从舞剑的姿态中得到了启发，使他的书法更提高了一步；他又看见了一队农妇挑担，那种挑着担子走路左右扭摆的姿态，又使他的书法提高了一步。我们无论做什么学问，都要吸收别的方面的营养来丰富自己，促进自己，才能创造独特新颖的自己的风格。

《书籍装帧》

从篆刻、书法、诗词、绘画中悟装帧

我也学过篆刻，篆刻是书法艺术和雕刻艺术合作在一起的一种我国独有的艺术，很讲究分朱布白，宽的地方可以走马，密的地方不可插针，这种虚实的结构，可以直接运用到封面设计上去。刻印要藏巧于拙，要求朴实无华，但又要求雍容婉约；刀法要简练，干净利落，一丝不苟。封面的制作，似乎也应该如此。要使篆刻的格调高，形式雅，如果不读万卷书，单凭画几笔，一定会陷入干巴巴、毫无趣味的泥坑。学书法，对封面设计更有直接的关系；书法是线条组成的，学好了它，笔底下的线条就能劲挺有力，有时不用图案字作书名，用书法来写书名，便能得心应手。研究诗词，可以提高自己的创作的构思和创作方法。我们设计封面，不能开门见山，一点不加含蓄。诗词的比兴是十分高级的，我们作书面也要有诗词那种比兴，才能作出使人百看不厌的作品来。学国画的那种简练概括的描写，正可以为我们作封面时所取法。如果能这样触类旁通，举一反三，对丰富自己的创作极为有利。我有感于此，所以经常在这些方面讨生活。

《书籍装帧》

别样地深入生活

记得我年轻时候识字不多，语汇太少，我曾经发心通读了两遍商务印书馆出版的《实用学生字典》，后来又浏览了唐宋名家的诗词，研习了帖和碑，从柳公权的楷书，写到魏碑、汉碑，又转学怀素的草书。曾钻研西洋美术史，也钻研云冈、龙门的石刻，钟鼎的和砖瓦的纹样和文字。也学民间各种实用的东西，如丝绸棉布上的纹样，建筑上的砖刻木雕、各种小摆饰等。这些都是静止的。还有动的，社会上的现象、人与人之间的接触交往、各种人物的性格和动态，我们都要注意。要在这种场合观察、学习，以丰富我们的创作。这就等于深入生活。

《书籍装帧》

民族风格的汲取

我最初学习图案，试作封面时，所有的参考书都是日本的，因而就受了日本的影响。其实日本的封面设计上的形象和色彩，很多是从我国敦煌石窟艺术以及其他古典艺术传过去的。从日本封面上去学习被他们一枝一叶搬过去的敦煌石窟艺术，不如直接研究敦煌石窟艺术。我就努力在这方面下了一番功夫。鲁迅、陶元庆和我，曾就封面设计要不要采取民族风格的问题交换过看法，大家一致认为必须要有民族风格。因此，我们扩大了取法的范围，

《鲁迅景宋通信集》封面

除了敦煌石窟艺术之外，还学习了汉代的石刻人物，武梁祠石刻、孝堂山石刻以及六朝的云冈石刻、龙门山摩崖，还研究了周秦的青铜器等。在这种研习之下，我就作出了像《古代的人》《中原的蛮族》《东方杂志》《民十三之故宫》等的封面。在这些作品中，不少具有鲜明的民族风格。

《书籍装帧》

说丰子恺的封面设计

此外，还有丰子恺的封面设计，和他所作的漫画相结合，充满了诗情，有幽默感，另外走了一条路，也是非常杰出的。他的作品用色不多而单纯，线条流利，得书法之妙，形象生动，常常在描写人物时，不画鼻子，或仅画一个面部轮廓，脸上什么都没有。他的作品，把书籍的内容高度概括为形象。丰子恺是一位多才多艺的大艺术家，他既懂绘画，又通音乐、诗词歌曲、散文等，都是高手。他信仰佛教，会讲会译日、英、俄三国文字。这些都是培育他的封面作品有高度艺术性的因素。

《书籍装帧》

看一眼日本的装帧

民族化和现代化结合得好的，在现有的作品里已经不少，但还有待于大家来努力，使之提高。日本在这方面做得比较好，他们的设计，在现代化的同时，依然存在民族风格，使人一望而知为日本书籍。我看日本在某些地方要超过西方国家。

《书籍装帧》

篆刻技巧运用到封面，别有一种风味

我学习了篆刻，除把篆刻上的技巧运用到封面中去以外，也直接用篆刻作品来作为设计的素材，如《唐诗小札》《长征印谱》

以及《君匋印选》的封面设计，别有一种风味。

《书籍装帧》

书法作封面，别出心裁

封面上用传统书法的更多，最初有《半农谈影》，用的是草书。这在当时是一种别出心裁的设计。后来有《中国民歌》《歌曲四首》《梅花》《歌唱艺术漫谈》，用的是行书。《长恨歌》《四季歌》，用的是隶书。为古籍所设计的封面，用传统书法的更多。这种传统书法，不是没有研究过碑帖、毫无功力的书法，而是有一定水平的。

《书籍装帧》

为茅盾、巴金设计封面

我用新的技巧来创作封面，更是不少。例如我为沈雁冰的《雪人》一书所作的封面，只着眼于雪这一事物，把雪放大了。如果如实地把它描写成六出的雪花，当然未始不可，但总觉得太嫌写实了，和科学的图解没有什么区别。因此，我通过意匠，把它变化成为似而不似的样子，再加上日光反射的色彩，形成了《雪人》的封面。又如为巴金的《新生》所作的封面，我在石砌

上从日光的影射中画出一枝小草，来象征新生，这种新生说明是
艰苦的，不容易的，是从石砌的缝隙中顽强地生出来的。技法不
用由浓到淡的照相式的层次，而用无数细点来表现疏密浓淡，这
就觉得新颖而有艺术意味了。

《书籍装帧》

诗的境界

还有《献给孩子们》这本钢琴曲集，我在大部分印黑色的封
面的顶端，画了一系列钢琴的键盘，而键盘的画法，又是似而不
似。这样就表达了这本书是钢琴曲集。在 1962 年左右，这个设
计在上海市出版局举办的书籍装帧展览会上，得一等奖。还有为
《卡巴列夫斯基钢琴曲集》设计封面时，用了一架三角钢琴的图
案形象，效果很好，很受读者的欢迎。有诗意的设计，如《小树
白兔》的封面画，原来是用在开明书店出版的《开明信笺》上的。
图为一株有稀疏的树叶的小树下，一只小白兔正在伸长颈儿，嗅
一朵野草花的香味，这是一种诗的境界。为唐弢的《晦庵书话》
设计的封面，同样也有这种诗的境界。

《书籍装帧》

线装的特点

　　古代的书籍，虽然没有提出装帧设计这个名目来，但是从上面的一些叙述看来，毫无疑义，就可见到其中每一项都是下过一番苦心的。这种苦心，就是装帧设计的具体表现。

　　线装书采用直行，是符合我国方块字直写的特点的。木刻水印，字不能过小，过小则不易刻，因此，它的字一般都比较大，看起来非常适意。纸是手工制的，分量轻，握在手里不费力。因为是直行的，还可以卷着看，就是睡在床上，一卷在手，也颇方便自然。但是它也有缺点，就是印制费时、费料、费工，大量发行有困难。

　　我国特有的这种线装书的传统形式，爱好它的，大有人在。五四以后，直到今天，还有不少人采用它。喜欢以此形式来印书而最著名的，首推鲁迅。他所印的画册如《凯绥·珂勒惠支版画选集》《士敏土之图》以及和郑振铎合编的《北平笺谱》等，都是佼佼者。

《装帧琐谈》

装帧要有东方的气派

　　我觉得书面装帧要有东方的、中国的气派，把古为今用这句话体现出来，取法我国古代的铜器和石刻的纹样，是大有可为的。

不但如此，凡我国古代优秀的绘画、书法、工艺品、服饰等各方面遗留下来的东西，无论是造型、结构、色彩、线条等，都可以在设计书面时，根据实际需要，融会化合到创作中去，成为现代的有民族特色的装帧作品。

《装帧琐谈》

巴金《新生》的装帧

就拿为巴金名著《新生》所作的封面装帧来说吧。这是一部中篇小说，书面的下端用黑色画了三级石头台阶，一枝小草从石头缝里顽强地生长出来，用小草象征新生，把石头台阶比作黑暗的势力。技法不用由浓到淡的照相式层次，而以无数细点来表现疏密浓淡。设色简洁，只有红、黑两种，红色作书名，象征血，黑色象征铁，铁与血交溶，暗示敢于向旧世界挑战的英勇气概，留给读者一种宽广的联想。巴金看到了非常高兴，对我说，这样的装帧同作品的内容很协调，表达得恰到好处。

《〈钱君匋装帧艺术〉后记》

不是雕虫小技

书面图案在过去的读物上是很少看见的，而是由各个努力于追随时代的新书店新近所采取的。他们对于这件事做得非常认真，并未当作雕虫小技般来看待，所以他们的成绩很可值得我们的赞叹。

《书本的装饰》

为《达夫全集》装帧设计

记得在 30 年代初期，郁达夫先生来开明书店找我。那时开明书店的编辑部还在上海宝山路宝山里六十四号。他来时，我只见他的面庞很瘦削，虽然带些苍白，但精神却很饱满，明丽的阳光照在他的身上，更显得英俊潇洒。我心里想，他写过《沉沦》等作品，一定是个才华横溢的人。他这次来找我，主要目的是要我为他在开明出版的五卷本《达夫全集》设计封面。即使他不亲来相托，我也一定会为他的全集的装帧作郑重考虑的。他今天既然"御驾亲征"，我当然就更加重视，决不随随便便应付过去。

当时，我看了他的这个书名，觉得与众不同：人还健在，还要继续奋笔写作下去，怎么用"全集"这个书名呢？我不禁向他提出这个问题。他慢吞吞地回答：别人在活着的时候，不愿意自己来编全集，因为他还要写作下去，作品还要不断增加。我认为自编全集有好处，可以看看我到现在为止，写过了多少东西，排个队编在一起，前后次序自己有数，看得出写作的历程，有什么不好呢？我听了他的这番话，也就默然了。

对《达夫全集》的装帧设计，我特别采用木沙纸作画纸，用木炭条在上面作了四方连续的图案，纹样是从一枝小草变化而来。用木沙纸作画，其线条粗犷而有飞白，效果特别令人满意。封面、封底都用这组纹样，书面上不标书名等，只在书脊上一一标明。书脊用栗黄为底色，上盖黑色纹样，近书脊处前后两边，用暗紫色作成带状。由于着意注意书脊的装饰，当五本书并列在一起时，看去颇为淡雅质朴。达夫见了异常折服我这个装帧的立意，特地送来了一些蛋糕之类的美味食品，作为慰劳，还为我写了一首七绝。

《忆郁达夫先生》

清新静穆的曹辛之

曹辛之在 30 年代就已以书籍装帧出名，那时知道他是在生活书店工作，他的书籍装帧非常清新静穆，一点也不哗众取宠，一条线一块色都经过他的构思、安排，极其妥帖，而且有生气，他的书籍装帧整个儿是一件珍珠宝贝，说他恬静又不恬静，说他鼓噪又不鼓噪，真是恰到好处，表现的东西都被搞得服服帖帖，一眼看去，仿佛都是他的思想感情的流露，彻头彻尾的流露。辛之的书籍装帧，排起行来，不能算早，但是属于第二代人是没有问题的。后来忽然不见了，原来是错划了"右派"所以销声匿迹了。

《想起了曹辛之》

新开的门径

新近，开明又采用一种新式的硬布面，这种布是没有以小粉浆制，所以着水也不会变色，没有光泽，很是朴素，除烫金烫粉外，还能印画，这实在也是书本装饰一种新开的门径。

《书本的装饰》

不废江河万古流

闻说羌萄
乃萄家、用酪酒
若夫、畫二筆澗
此将堪一丰
丙子九月下浣
錦屋匋百藏筆寫於
抱華精舍懷二

葡萄

封面设计要有书卷气

何谓装帧？

每一本书，都有一个书面，亦称封面，这就是书籍装帧的一个内容。书籍装帧可分整体设计和局部设计。整体设计须把一本书的各个部件都要顾到，如护封、书面、书底、书脊、衬页、扉页、插图目次、全书版式，选用字体及标点符号、纸张、印刷、装订，还有书函、书箱……总之，凡与一本书有关的部件，都要悉心设计。局部设计，只对整体设计中的一种或数种而言，大都是指书籍的书面。在中国 20 年代的书籍装帧，一般都是指书面而言，很少涉及其他各个部件。

《书籍装帧技巧》

好的设计，更加引人入胜

一般而言，书面设计的构思可循两个主要途径，其一是纯粹作为一本书的精美装帧，或追求图案化的效果，如我设计的《背影》《低诉》等书面即是。书面的形象并没有暗示或直接勾划出该书的内容。其二是更具体地以高度概括手法，把书的内容化为形象，如我设计的《山中杂记》的书面，以两株柳树横贯书面和书底，伸着长长的枝干，中间升起淡黄色的月光，烘托出一幅大自然的景象。又如《神话研究》的书面，中置一个鸟头人像，旁边随意加上一些怪模怪样的文字，紧锁着一个谜样的古老世界，这又是一法。

《书籍装帧中的书面设计》

装帧处女作

我进"开明"去当美术、音乐编辑，还担任"开明"的整个装帧工作。我的处女作是为汪静之的《寂寞的国》作封面设计，这个设计曾得到鲁迅的赞许。"开明"的装帧，引起了新文艺界的震动，被作家、读者誉为未曾有过的创举。

《忆章锡琛先生》

《给青年的十二封信》封面

积极性来自老板的鼓励

我在"开明"担任书籍装帧工作,由于章老的积极支持,可以解放思想,任意创新,用料用色完全自由,每一装帧完成之后,章老板总是百般赞叹,在人前夸耀我设计得新颖别致,恰到好处地反映出书的内容。我在他这种鼓励下,自然而然地要求自己更加努力,作出特异的成绩来。"开明"的书籍装帧,赢得了整个新文艺界、广大读者的好评。作家中如夏衍、胡愈之、丰子恺、巴金、陈望道、郁达夫等,在"开明"出书,总是先来和我联系,要我为他们的著作披上一袭美丽的外衣，我无有不满足他们的嘱托的。

《忆章锡琛先生》

"信任"与"智慧"

"开明"对装帧设计和乐谱净绘，把决审权完全交给作者自己负责；由于章老板能够这样信任，所以才能发挥出我的智慧和能力。今天的出版社把装帧的审批权交给非美术专门人才，他们不了解装帧设计的特殊规律，用一种与美术不相干的评头品足，来要求设计者按照他们不切实际的意志去修改，于是弄得面目全非，进退不得，哪里还能有好的装帧出现！回想起来，如果没有章老板的明智、关怀和爱护，在装帧上我也难于取得像今天这样的成就，也不会有今天这样的地位。我的成就和"开明"、和章老板是分不开的。

《忆章锡琛先生》

出口转内销：向日本书籍装帧学习

我最初学习图案，试作书面，因为当时所有的参考书都是从日本进口的，不知不觉间受了日本的影响。其实日本书面设计的形象和色彩，很多是从中国敦煌石窟艺术以及其他古典艺术流传过去的，对他们起了很深的影响。再从日本书面上去学习那一枝一叶，零碎搬过去的敦煌石窟艺术之类，不如直接研究敦煌石窟艺术，可以看到全貌，才不致受限制。于是我就努力在这方面下了一番功夫。

《民族特征与时代气息》

取法先秦六朝

为了扩大取法的范围，除敦煌石窟艺术之外，我还学习先秦青铜器、汉代石刻人物、武梁祠石刻、孝堂山石刻以及六朝云冈石刻和龙门山摩崖。之后就作出了像《古代的人》《中原的蛮族》《东方杂志》和《民十三之故宫》等有鲜明的民族风格的书面。近年为唐弢的《晦庵书话》和我自己的《君匋印选》所作的书面，还是运用了这种手法的。

《民族特征与时代气息》

封面设计要有书卷气

书面设计，顾名思义，总要有浓厚的书卷气，要来得宛转，要来得曲折，要来得含蓄，不能直截了当地和一般绘画那样地写实。书面设计最怕作为书籍的低级图解，应该尽量避免，否则就失去了书面设计的艺术意味和艺术价值。

《民族特征与时代气息》

单靠技巧是不够的

要使一件书籍装帧成为作品、艺术品，单靠所学得的书籍装帧技法还是不够的，技法当然非学不可，但技法只能作为一种表现手段，而内在的情感、思想，就要靠书籍装帧以外的学问来达成。没有其他学问，单打一式终究是单薄的。

《书籍装帧创作经验谈》

书法是装帧的基础

中国的书法与书籍装帧更有直接关系。书法是纯用线条构成的一种艺术，若有雄厚的书法基础，笔端流出来的线条就会不同于没有训练过的那般稚弱无力，撑不起架子来的可怜相，而是挺劲有力，不论曲直，其内涵丰富，变化也会出人意表。有时设计不用图案字为书名，而采用书法，便可得心应手，舒展自如。

《书籍装帧创作经验谈》

《苏北民间歌曲集》封面

民族气派是要积淀的

　　中国的出版物，当然要突出中国的特征，也必须突出中国的特征，这又是每一个国家和民族的烙印、习惯使然，也是无法避免的。因此中国的出版物，自然会流露中国民族气派和风格，实则这种气派和风格，并不是在一朝一夕之间所能形成，而是经过几千年长期积累起来的。如果割断优秀的民族传统，就成为无根之木、无源之水了。

《民族特征与时代气息》

古已有之

　　谈书籍装帧，不能不先从古书谈起，我国古代的书籍，以木刻水印线装的一种形式最为普遍。这种形式的书籍，其封面大都用深色的纸或织物，书名一般都制成签条，粘在封面的左边，用丝线明订，绢包角。翻开一角，首先见到的是一张双折的衬页，翻过衬页，就出现了印着书名的扉页，它的背面还有印着雕版和印刷的主持者，以及记年等。接着是序目之类，随后才是正文。翻到末了，还是以衬页而终。封底的用料，和封面相同。

《装帧琐谈》

古书装帧的习惯

　　木刻水印线装书的版面大都是直行加栏的，每页的书名、页码等，都放在中缝之间，折叠以后，这些文字一半在前页的左边，一半在后页的右边，整个一本书的书口，形成了花白的带状图案，但其中必有一条线是极其直而清楚的。这条直线是由几十页乃至一百几十页的每页上的一个个小黑点积聚而成的。有了这条直线，版面的定位，可以取得一致。

《线装书》

审美需要装帧

凡是我们周围的东西，小而至于一只火柴匣，大而至于一座建筑，都需要一种装饰。譬如某小姐的搽粉、画眉、涂嘴唇以及穿短袖的旗袍、着长筒的丝袜等等，并非不是装饰；又譬如某先生留须，戴半光眼镜、镶嵌宝石的指坏实在也是一种装饰。同时书本，是我们的读物，所以书本的书面也须装饰。我们对于光在白纸上题几个王羲之体或柳公权体的书面既已觉得不够美，而用几根呆板的曲线或直线拦隔着几个方正宋体字的书面也已喊出必须改善的口号，那末，我们应当如何去设法把它弄成能够合乎我们美的观念呢？唯一的方法就是装饰。

《书本的装饰》

书面图案，是一种独特方式

装饰在小姐们，则用粉、雪花膏、胭脂之类，在书本就不能适用这些。然而也不能适用于建筑上的或衣服、器皿上的那些，而它有它独特的方式：就是书面图案。

《书本的装饰》

不与人同调

　　以我所知，如开明以及北新、光华、新月、金屋、创造社、现代诸书店，他们所出版的书，其书面都各有他们的特色。开明与北新最富于图案趣味，因为他们的作者一为钱君匋，一为陶元庆，这两人特别对于图案有高深的研究，一面又竭力主张以图案作为一切事物的装饰，而排斥以自然画作为一切事物装饰，所以他们所设计的书面类都是装饰图案，不与其余的人同调。光华、新月、金屋、创造社、现代诸书店的书面较远于图案，而近于漫画，他们则另有一种风味，自然不能与开明、北新相混。

《书本的装饰》

新鲜的趣味

　　书本的书面一美观，对于销路也有不少帮助，以我所知甚至有因书面的美观而买书的。书面的装饰既美，就是在读者的案头陈列时也觉得有一种新鲜的趣味。

《书本的装饰》

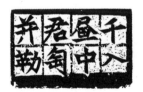 

气象万千入画中

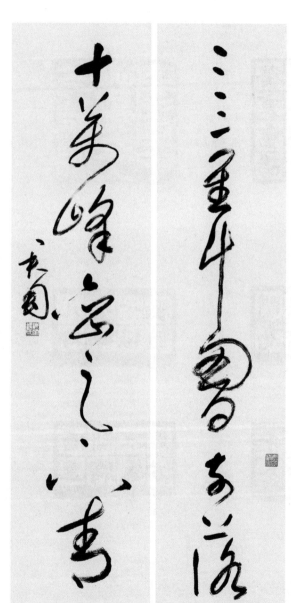

草书七言联
二三星斗胸前落
十万峰峦足下青

创新，就先别出心裁

想起了曹辛之

我认识曹辛之以后，有一次到北京他的寓所去拜访，只见一个四合院里有一排整洁的房子，其中当中一间是他的会客厅，两边的两间或者是卧室，或者是书房，我没有踏进脚去，不知其中的底细，我就坐在他的客厅里闲聊，东西南北，海阔天空，谈个不亦乐乎！

当我坐着抬眼一望，壁间挂着他的得意之作，这种得意之作不是他的书法或绘画，而是他的装裱作品，一幅幅裱得实在到家，实在挺括精致，真是一个能手！

《想起了曹辛之》

装帧也应该有旋律

　　我学习了音乐，曾经思索把旋律、和声、节奏与音色等音乐语言，与书籍装帧结合起来，但只觉得这个问题颇难解决。音乐语言不等于绘画语言，也不是书籍装帧语言，但他们之间却有共性，可相互影响，相互借用。譬如说音响的效果，可说等于色彩的效果，而书籍装帧也应有旋律，有节奏与和声。假如把从事音乐创作的手法移到书籍装帧上，所取得的效果一定会不同于寻常。

《书籍装帧技巧》

装帧要像诗词一样

　　书籍装帧和诗词一样，要求含蓄，有诗意，不能开门见山，赤裸裸一览无遗。诗词的比兴异常精辟，我们设计书面也要有诗词那样精辟的比兴。诗词描写事物，较散文要浓缩得多，内蕴曲折而精炼。书籍装帧正需要有这种手法，才能作出使人百看不厌、爱不忍释的佳作。而且诗词的立意贵独创，不拾前人牙慧，书籍装帧又何尝不是如此？《开明信笺》的设计，小树下有一只白兔正在嗅着野花的芬芳，是绝好的例子。还有《杀艳》的设计，用吸墨和吸颜色的废纸来作成女人的面形，只寥寥数笔，一抹淡淡的粉红颇有诗意，也是一例。

《书籍装帧技巧》

篆刻入装帧，高雅宜人

再说篆刻，是中国独有的书法和雕刻相结合的艺术，分朱布白，错落欹斜，宽处可以走马，密处不容插针，虚实对比的要求非常严格，也是一种位置经营。而且篆刻刀法要求有力；从刀法出来的线条，劲拔而古朴，老辣而踏实，干净利落，一丝不苟。较之绘画语言，又有不同，养成这些洗练的技巧，融入书籍装帧，能产生另一种优美的效果。1978年我的《长征印谱》重版时，即把书中部分印章作为素材，完成了第一件以篆刻作品直接作为设计的先例。接着为刘逸生著的《唐诗小札》设计书面，先用书名作成四字白文印，以正置、左右侧置、倒置，排列组成纹样，这也是一次新的尝试。其后《君匋印选》《钱刻鲁迅笔名印集》等书，也是依题命笔，分别用篆刻以不同形式的手法作成，都高雅宜人。毫无疑问，这些设计是直接得力于我对篆刻艺术的研究的。

《书籍装帧技巧》

经营之法并非一成不变，宜仔细推敲

精装本的书面多用布硬面或皮硬面，简便些的用纸硬面或皮软面、纸软面。书面上有时也用精简的花纹压硬印或烫色，如沙孟海著的《印学史》精装本，在书面的右上角烫一个古代的印章，可谓经营得体。由于书是横排的，假如烫印在书面中央稍稍偏上，

《印学史》封面

也能获得优美的效果。烫在左下角还可以，左上角和右下角就较
不宜。总之，经营之法并非一成不变，设计者宜仔细推敲，以求
其最佳效果。

《位置经营》

何谓位置经营？

位置经营即版式设计，一般也不出平面设计的原理。其中讲
求章法多端变化，也强调布局平衡统一。各种例子，俯拾即是。
如罗黑芷著的《春日》，是直排书，书面也主要用直线处理，右边有一枝长长的野草花纹样，左边留空置横行书名，以扣应画面虚实。野草花纹样中有花蕊，与两翅的叶子形成对比，上用蒲公英纹样点缀，以收聚散之效，这就是位置经营。在此特补一例以供参考，希望读者能类推之，庶不致误。

《位置经营》

色彩愈多，不一定成为佳构

书籍装帧的色彩运用，与一般绘画有所不同。一般绘画运用色彩较多，尤其是西洋画，只要有一个色彩为基调，什么色彩都可用上去，毫无限制，非常自由，而且愈丰富愈好。书籍装帧却不然，特别受早期印刷技术和制作成本的限制，只宜用少数色彩来表达复杂的意境。因此，对于色彩的配合，就必须通过周密的思考使每用一色，起一色的作用。不可有多余，造成浪费。事实上色彩愈多，也不一定成为佳构。一般设计，大都限制在三个色彩以内，至多用到四色，如果用到五色，那是在迫不得已的时候。

《色彩》

单色也能设计出好封面

有时候仅用单色就可作出良好的书面。例如我为《漫郎摄实戈》设计的书面，书名横置上部，下面斜放着一朵修长的野草花，花和字都只用了薄薄的一层金黄色，印在黑色的书面纸上，宛约雅静。

《色彩》

红与黑的妙用

用红与黑，或赭与黑两色，再加上书面纸的本色作成的设计，在我的装帧作品中，就有许多。如巴金的中篇小说《灭亡》，就是用红与黑两色，印在白色书面纸上。我自己所编的《口琴名曲选》用赭与黑两色，印在米黄色的书面纸上。前者的两色各自分开，没有重叠；后者的两色，图案赭、黑两色交叉叠用，又显示了另一种美感。它们都具有强烈的对比作用，能刺激读者的视觉感受。再如房龙著的《古代的人》、沈雁冰著的《欧洲大战与文学》、古籍《白雪遗音选》、周作人著的《谈龙集》、中国音乐家协会编的《中国民歌选》平装本、兆丰编著的《简谱的读法》、巴托克作曲的《献给孩子们》、巴金主编的《收获》等书刊的书面，都用红黑两色，或近似红黑两色。这几本书虽然运用了相近的色组，但对不同的内容而用不同的设计，因此也各具独特的面貌。

《色彩》

《口琴名曲选》封面

周作人的《两条血痕》

　　谈到三色的设计，还有周作人著的《两条血痕》，用红、绿、灰三色，印在浅灰中带绿色的书面纸上，其构思是属于装饰性的，并不刻意具体地表达书的内容，图中所用直线并不生硬，衬着红花和大块面的绿叶，绿叶上伏着两个稍呈深灰色的蜗牛。设计者的署名也用红色，都是象征手法，使这本书显得简洁美观。

《色彩》

《小学活叶歌曲》封面

稳重美观的《聂耳冼星海独唱曲选》

《聂耳冼星海独唱曲选》的书面，也是充分利用书面纸的白色作成的设计。它是赭、黑、灰三色的组合，中间以大块面的赭色显示出白色的书名来。分置左右两边的带状纹样，是由四角星图案组成，书名下又置一四角星作为点缀，衬黑字出版社名，既稳重而又美观。

《色彩》

在活泼悠扬中稳定

《小学活叶歌曲》合订本，色组用朱红、黑、翠绿三色，印在白色的书面纸上。其中以朱红色盖底，中间留白，内围黑色花形纹样，上面画着四组乐谱首端所用的高音部和低音部记号，敷以翠绿色，使之与黑色协调。为了加强视觉效果，朱红底色的内边还留出尖锐的齿状，与书面纸的留白形成对比，使其光芒四射。最后，书名和两条平行线，也是留白托出，一上一下，就稳定了整个设计。

《色彩》

用文字组成纹样，同样优秀

书籍装帧一般都是用各种纹样作为素材来设计的，除用纹样外，还可用中外文字和阿拉伯数字作为素材。用文字组成的纹样，可完全不用或少用一些其他纹样，也同样能设计成优秀的装帧。如我为厨川白村著、夏丏尊译的《近代的恋爱观》设计的书面，就是用拉丁字母作为纹样，连汉字书名的笔划写法也使其拉丁化，再加几条线辅助而成。又如廖抗夫著、索非译的《薇娜》，用世界语文字为纹样，书名用红底白字的形式，围成圆形嵌在黑色外文之间。还有为巴金著的《死去的太阳》，用绿与黑两种色彩，把中外文书名对角斜放。虽然都用文字组成纹样，亦各有不同的特点。

《字体》

创新，就是变化多端，别出心裁

后来在 1932 年为周扬主编的《文学月报》设计，也以文字为纹样。刊名用手写老宋体字，再以阿拉伯数字"1932"反复颠倒倾斜构成纹样。1960 年为巴金主编的大型文学季刊《收获》设计的书面，在上端为深度暗红色，愈到下端愈浅的底色上，题了手写的特大老宋体字《收获》，再加上年代、期数等辅助文字而成，效果同样清新悦目。其实文字造形可作多样变化，只要能自出心裁，都可创出新的道路来。

《字体》

字体的妙用

图案字的运用也必须注意，往往有些设计者把图案字设计得过于变形夸张，写出来的字使人不能确认，或要经过反复猜想，随后才能认出是某字，这种设计应该避免。图案字总要使之易认易识、美观典雅才好，今且举几例以说明之。如《古代的人》和

《收获》1982 年第一期 封面

《神话研究》，书面上的几个图案字，笔划清楚，结构严整，与通行的宋体字规范相一致。又如夏衍译的《近世社会思想史》书面上的图案字，最后一笔都作向上收笔，字与字之间互相黏合，也是一种方法。钱君匋编的《摘花》，其书名又是另一类型的图案字，取柔顺、飘逸之意，从而配合了这本抒情歌曲集的主题。白蕊先编的《进行曲选》，其书名的汉字罗马字化了，与前面提到过的《近代的恋爱观》异曲同工。

阿志巴绥夫著、郑振铎译的《沙宁》，书名的写法还有点破格求新，尤其是把"宁"字的笔划省却不少，但还是一望而知为"宁"字，如果省去了几笔使人不能认识就要不得。都德著、王了一译的《沙弗》，书名两字都有尖角的笔，都有圆点，只是"弗"字的圆点是特意加在其左下角作为装饰，使两字统一。此又不同于《沙宁》的减笔法。陆晶清著的《流浪集》，全用直笔和方笔，字旁附有阴影，看去有立体感。雷马克著、沈叔之（夏衍）译的《战后》，书名两字用并笔方法出之，但仍然易认易识。《柴科夫斯基独唱歌曲选》的图案字，每一起笔都略为修尖，点划亦如此，字的转侧处亦削斜，有如折纸般曲折，表达了轻盈流转的音乐感，又是一种写法。"歌"字的两个"口"字，仅作两点，省略后仍旧易识。辛克莱著、钱歌川译的《近代文学与性爱》，除汉字罗马字化而外，在"学"和"与"两字的中间部分都作成圆圈，在圆圈中加上一个黑点，与下置的黑线呼应，字体依然可读。

《字体》

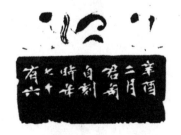

冷香飞上诗句

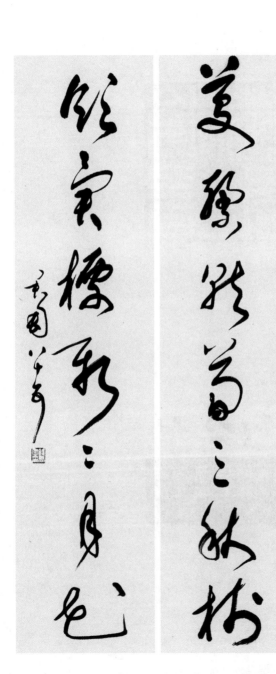

草书七言联
删繁就简三秋树
领异标新二月花

因书而宜，别致而佳妙

书名字体设计，必须协调

书名字体之于书籍装帧设计，当然也是重要的一环。视书的内容和需要，可选用图案字，也可选用正草隶篆各体书法。字形的长、方、扁、粗、细、斜、不规则，千变万化，不能尽言，都视设计需要而定。总之，书名字体的设计属于整个设计的一个部件，必须使其协调，以增加设计的魅力为主，不要成为强加的赘物。

《字体》

好的封面，让人准备好阅读心情和态度

但无论如何，优秀的装帧总能够表现或象征书籍的内容，使人在阅读之前先准备好阅读的心情和

态度。善于装帧的人能抉取书籍的内容或精神，通过形与色，构成能够表达该书内容或精神的艺术作品，从而增进读者阅读兴趣。

《书籍装帧中的书面设计》

书脊设计务求清晰醒目

书籍装帧还有一点是要加以注意的，就是必须顾及书脊的设计，特别是大部头的精装书。例如《殷墟文字》，其书脊更是设计的焦点之一。书脊设计务求清晰醒目，使人一望而知为何书，又贵能与书面的用色和图案配合，格调统一。

《位置经营》

"重复"也是一种手法

还有左右对称的重复手法，如《茂娜凡娜》《女人的心》等书面。至于更典型的重复手法，莫过于运用图案纹样的了。如中华书局编辑所出版的《诗集传》，书面以赭黄托底，上面印满了淡绿色的古代龙形纹样，风格典雅。

《造型加工》

《女人的心》封面

曾经的尝试

我在 30 年代也曾经积极吸收西方美术的风格，用立体主义手法画成《夜曲》的书面，用未来派手法画成《济南惨案》的书面。设计过用报纸剪贴了随后加上各种形象，富于达达艺术意味的书面，如《欧洲大战与文学》，也设计过用许多飞舞的色块，带点光学艺术色彩的书面，如《六个寻找剧作家的剧中人物》。不过，从整体的个人风格趋向而言，这只能算是聊备一格。

《造型加工》

《尘影》封面

装帧的"减法"

先说减法，如我为黎锦明著的《尘影》所作的书面设计。书面有旭日普照在海洋之上，海面泛着一叶小帆船，轻波荡漾，交融在黄色的调子中，气氛豁然开朗。其中的太阳、船只和水波都经刻意简化、图案化，活像一幅大写意画。又如新绿文学社编的《名家游记》，以赭色为主调，上用白线勾成一艘古式远洋客轮，水纹也用白点，带有木刻图案的风格，给人一种活泼轻快的感受。这些物像，如未经加工就移用在书面上，一定难以得到上述的果效。此外，如《雄关赋》的书面，本身就是一张速写，没有刻意追求变形。《丰收之后》则运用了简括的象征的手法。

《造型加工》

装帧的"加法"

再说加法。虽说可将图形复杂化后用在书籍装帧之上，但我仍是较喜欢简括明快的造形。不过，把构图复杂化、丰富化的途径还是有很多，都未必一定需要太繁复琐碎的加工。如我为赵柔石著的《三姊妹》所作的书面，其中三位仕女的脸孔都留白，身形略拉长，手中执花，形象简括。又以梯级形分置上中下部，填满书面，在衫裙双脚之上再反复敷以赭、粉绿和浅蓝三色，借此加强节奏变化，地上以齿状线连成小草纹样作陪衬，亦清新优雅。

《造型加工》

因书而宜，别致而佳妙

我用国画作品来创作的书面，也有几件。如在 30 年代为欧阳予倩的《自我演戏以来》所作书面，是直排本，在书面的右面用一我所作的舞剑仕女图，表达了欧阳予倩是演旦角的，画幅也用直长方式。又如《歌曲四首》的书面，是用大写意国画玉米作

《晦庵书话》封面

为素材。1956 年左右，我还邀请画家陆俨少为沙梅作曲的《嘉陵江船夫大合唱》写了一幅山水画作书面。在此同时，又邀请了郑慕康为黄自作曲的《长恨歌》作书面，用传统人物仕女画来作装饰，效果都非常别致而佳妙。

《造型加工》

意态优闲的《晦庵书话》

唐弢的《晦庵书话》书面并不直接勾划书的内容，而是以双鹅草叶为饰，意态优闲，亦带诗意。在 1980 年也获得了全国书籍装帧优秀作品（书面设计）奖。有关各种意念与技巧的融通转化，总不能一一细谈。说得玄妙一些是归造化之功，踏实地说亦须经千锤百炼，还是让读者在不断努力的创作中慢慢体验罢。

《造型加工》

插图必须是一件独立的艺术作品

插图在把书籍中的故事化为视觉形象的同时，必须是一件独立的艺术作品，要有高度的艺术构思，在画面的构图、人物的形象、技法和风格等方面，都要达到甚高的水平，方为佳作。如果仅能说明故事的内容，而无艺术上的加工，那只能算作图解作品了。当然，我们在书籍装帧插图的创作上，一定要走社会主义现实主义的创作道路，这样，才能使创作获得生命，取得光辉的成就。

《华东地区书籍装帧插图展小记》

书籍是一件完整的艺术品

书籍是一件完整的艺术品，不但在装帧设计方面，要努力求其优秀，即在印刷用料及其他方面，在节约、实用的前提之下，

《鲁迅在绍兴》封面　　　　《天涯归客》封面

亦应相应地注意和提高。

《华东地区书籍装帧插图展小记》

说《鲁迅在绍兴》

　　《鲁迅在绍兴》这本书，在封面设计上善于根据绍兴的水光山色，着意在绿字上下功夫，一片恬静、闲雅，大有"春风又绿江南岸"的情趣。桥旁的乌篷船似在摇动之中，欸乃之声，逐波而来，褐色使整个色调和谐，几排朴素无华的民房，平易中极见匠心。水巷小桥、枕河人家、书名和白色的桥，错落有致，增强了立体感，使整个画面活了起来。我认为不足之处是绍兴文化古城和革命名城的特点没有点出，水平线和框子似嫌多了一些，抒情味过浓，如能适当采取对比色调，加点斜线，可能更臻完美。

《略谈浙版书籍装帧》

象征色彩浓郁的《天涯归客》

《天涯归客》的封面设计也是比较成功的。那画面中间的十字路，象征作家早年坎坷的生活道路；四围绿色的构思也是巧妙的，在绿草如茵的大地上，作家才有可能援笔为文，引吭高歌，把自己的才华献给祖国的文化事业。

《略谈浙版书籍装帧》

贵在"似与不似之间"

艺术贵在"似与不似之间"，绘画是如此，书籍装帧也无不如此。艺术从原始到今天的各种流派，无不沿着这条道路在演变着，既要突出个性，又要树立风格。书籍装帧当然不能例外，同样要打上各个时代的烙印，还须有它的特征，即必须依附于书籍，必须反映书籍的内容，其手法又必须概括而含蓄。大凡优秀的书籍装帧，即使离开了书籍，仍不失为是一件独立的艺术品。

《钱震之的装帧艺术》

小议钱震之

钱震之是我的老友，他从事书籍装帧已近有四十年的经历，在这方面已作出不可忽视的优秀业绩，发挥了他独特的才能和技法，不是一般从事此道的人所可企及。震之所设计的作品有他崭新的意念、巧妙的手法。气质高雅，才思横溢，都不落俗套，可以称为一代高手。除此之外，他还注意到版式、选材和工艺等方面，也作出了不可忽视的贡献。震之对书面上的字体很注意选择，所以变化无穷，为他人所不及。

其中有些作品，是值得在这里一提的。如《语言与歌唱》一书的封面，其设计十分精练且单纯，只用一个椭圆的黑块，左右各用一条直线，左面的线用白色而向下，右面的线用黑色而向上，形成两个四分音符，象征歌唱和语言的发声，在椭圆的正中以白色文字标出书名，沿椭圆上方用汉语拼音标出书名，下方用黑色文字标出作者和出版者，随音符形象的分割，分别在右上用朱色，左下用灰色作底。这种色调配合非常协调而具刺激，形成一件优秀的设计，体现了作者的才华。又如精装本《振飞曲谱》和《周信芳演出剧本唱腔集》两书的装帧设计，都以唐云所作国画为主题，前者以兰花象征昆剧，后者以竹子象征京剧，手法运用十分巧妙；其护封与精装的书面以及扉页，由于在选材、用色等方面精心考虑，故而互相协调，相得益彰。书名前者由唐云手书，后者由刘海粟手书，更增添了书的雅洁气氛。

《钱震之的装帧艺术》

乐在其中的《西湖揽胜》

《西湖揽胜》是在 1980 年度全国书籍装帧设计评选中获得整体设计奖的佳作。这本书对于整体上的设计构思，确实是颇具匠心的。虽然是薄薄的一个单行本，却达到了一气呵成、开合自如的效果，既是一本书，同时又像一幅精致的展览、导游图。设计者采用传统的黑色作封面的底色，我看这是脱胎于国画的用墨。上首仿宋体的假金色书名，既稳重又典雅，不躁不跳，居高临下，有统掌全局之势。纸张用布纹铜版纸，略有光泽，突破了黑色的沉闷而呈现出晶莹闪烁之态。中上部稍偏右方分别用英、日等国文字作副标题，这样，就与中文书名既有对比，又有曲线，互相呼应，有主有宾，从而增加了变化之感；外文副标题，又起着图案装饰美的作用。下边以嫩绿色为基调的西湖彩色照，仿佛镶嵌在红木镜框中的青绿山水画：远处的保俶塔，若隐若现，宛如体态轻盈的少女；堤岸与孤山云树的倒影相映成趣；近处的垂柳，迎风摇曳，如透明的珠帘，加强了春满西湖的效果。我们在读一本书之前，首先进入眼帘的是封面，即所谓第一印象，这是极其重要的。一本内容很好的书，具有与之相适应的封面设计，就起了画龙点睛、引人入胜的作用。《西湖揽胜》的封面，就很成功地做到了这一点。

展卷披览，《西湖揽胜》在版面设计上，也是下过很大的功夫的。目录与正文，字体虽小，由于编排得疏密有致，恰到好处，使人赏心悦目，能小中见大；诗文、掌故等篇名，佐以篆刻，朱白相间，随机应变，民族风格浓厚，特色引人；在彩色图片的安排上，不论是满版丹青，还是偏处角隅，变化中存有统一，图文搭配，量体裁衣，读起来真是乐在其中。

《略谈浙版书籍装帧》

万水千山只等闲

月行疑讀畫

華坐當薰衣

癸酉莫春三月之望於挹華精舍□□

錫堂鐵□□年八十有八

隸书五言联
月行疑读书
花坐当薰衣

愈简愈有容量

图有尽而意无穷

成功的书面画，要把书的中心内容和盘托出，又杜绝浅、露、甜、媚、尖、脆，跳过这几条铁门槛，达到浑涵、含蓄，有画外之味，图有尽而意无穷。

也可以用象征隐喻手法，从侧面体现书的意境，道是无关却有关，拨动读者想象之弦，使之余音袅袅。

更可以不涉及书的内容，仅仅是一种装饰美，引起人们渴望了解书的主题与表现特征的愿望。无论是正面、侧面去开掘书的内涵，还是借重于装饰手段都要杜绝陈言，唯有新颖的内容与形式，方能征服读者。

简单地图解书中的思想或事件，似书的附庸，没有独立的艺术生命，是画家对原著最大的不忠实。

《论章桂征的装帧艺术》

书面是书的衣冠

书面是书的衣冠，力求简练、质朴，有艺术特征。一本书放在一千本书中，要能第一个抓住读者的视线，使之不忍离去，不由自主地想翻开书看上一眼，这本书的封面设计才算是成功的。当然，这决不能靠哗众取宠。

《论章桂征的装帧艺术》

必须是绘画的语言

一阕歌剧的序曲，可以概括地展示全剧的轮廓，带有浓缩升华的意味，有吸引力，又不是华彩乐章；过去农村唱草台戏，闹台打得戏迷们脚板直痒痒，非跑到戏台下面看个究竟不可；封面应当起到序曲和闹台的作用。正如某些序曲可以单独演奏一样，封面离开书籍，也应当能供人欣赏，给人以美的享受。而封面画所使用的"语言"，必须是绘画的语言。

《论章桂征的装帧艺术》

大众化的东西往往是很美的

画书面、插图都要考虑节约和印刷条件，对书籍的生产过程要有全面地了解。我们当前的设计水平，同我们的生产力、经济条件是适应的。大众化的东西往往是很美的，不一定争奇斗巧，走进牛角尖。西方有些装帧专家自己在楼上创作，楼下有作坊，书面、版式、插图、题图、尾花、标题、环衬、扉页、内扉，都是招徕观众，或满足少数藏书家、版本学家需要的东西。书价非常昂贵，印数极少，还要赚大钱。开本奇特，小如指甲，大到对开、四开，无奇不有。装帧家的天地是广阔了，但一般人买不起，这种生产方式，不能在我国推广。

《论章桂征的装帧艺术》

在含蓄上见修养

《生涯》的封面设计也有个性，小小树苗，无限生机，全用直线画出，直刺苍天，绿得有希望。两片白叶与书名遥遥呼应，更见匠心。作为背景的图案是旋涡，几位女主角像不同光线下不同颜色的浪纹，拧在一起，这是政治旋涡、生活旋涡，也是情感旋涡，由你去想象。这些线的处理使我想起黄山谷的书法，中宫紧抱，外围扩张，形成辐射式的力度，而运笔时又无放不收，有垂皆缩，在含蓄上见修养。

《论章桂征的装帧艺术》

愈简愈有容量

据文献记载，过去景德镇烧祭红大瓶，每窑只有两个完整的。古代人迷信，还有以人祭窑的传说，可见祭红的珍贵。以描写外国题材见长的作家鄂华，在 60 年代之初的《电影文学》上发表了《祭红》。写国内题材，不可避免地要追随当时的风尚，在艺术上弱于《王冠上的宝石》。后者在构思、文笔上比外国中上等作家要好，只是在气度、格局、风格强烈方面，逊于海明威、毛姆、贝娄、巴乌斯托夫斯基、莫里亚克、普列姆昌德而已。小说《祭红》不受剧本限制，篇幅扩大了，人情味、风俗画方面有所发展，很自然地触发了画家的灵感，设计出来，落笔惊人。色彩只用红与灰两大块，代表新旧社会两重天，暖寒分明，抓人视线。贴近书籍的白瓶，意在点睛，注释了书名（有的人不知祭红为大瓶），色变而意未变，体现了书的中轴线，又不流于图解。这是桂征的力作。近年，他除去特定题材需要繁复的构图用色之外，总想以少胜多，愈简愈有容量，这是趋向成熟的表现。

《论章桂征的装帧艺术》

艳而不浮，浓不失雅

《李宗仁归来》是比较通俗的传奇之作。反映在封面上，热烈的欢迎场面被概括成几根粗细不同的彩色线条，给人以巨大的

《李宗仁归来》封面　　　《梦断金戈》封面

想象空间，仿佛耳边响起了轻快炽热的欢迎曲。没有用大红大绿，笔触酣畅，艳而不浮，浓不失雅，字的摆法，移动不得。

《论章桂征的装帧艺术》

书的内容没有价值，画得再好，也难以独立存在下去

　　第二部《梦断金戈》的封面画也构思得不错。作者未在梦与戈上做文章，却画了一把经过百战砍得刃如锯齿般的战刀，色调比第一部明亮，封底上的火焰，是光明，也是装饰。

　　作为装帧设计家，总希望多出些传世的好书，装帧方能随之

流传，如果书的内容没有价值，画得再好，也难以独立存在下去。

《论章桂征的装帧艺术》

有的书原来设计便很好，可以恢复本来面目

有的书原来设计便很好，比如鲁迅的一些著作，印单行本时可以恢复本来面目，不必因强调套书便废除个性。《彷徨》《野草》《唐宋传奇集》的封面设计者，当时都还不到三十岁，应当使之流传。近年，泰戈尔的《吉檀迦利》多次重版，从封面设计而言，都不如1955年的初版。《新月集》的封面也不例外。成功之作应当受到尊重。最近上海重印了郑午昌兄的《中国画学全史》，封面设计较旧作差得多。原作是20年代末中国设计水平的代表作。如能原样印出，可以比较。书名一般宜短不宜长，长了很难设计。上个世纪英国小说有长达五十个字的书名，那是开玩笑，除去排铅字，没有好办法。张洁是有才气的作家，前年也尝试此种格式，幸未成风，一试而止。书名还是响亮、易记、概括、有吸引力为好。五四以来的传记，往往只标名传主是谁即可，名字上面很少加头衔，如《孙中山传》《萧红传》就很好，加上"临时大总统""女作家"之类，反而赘了。即使传主名气不大，也不是一个头衔可以介绍明白的。买辛弃疾、李清照传记的人，一定知道他们是大词人。

《论章桂征的装帧艺术》

很有神秘感

《H庄园的一次午餐》的封面，画出了有神秘感的庄园一角，明暗对比强烈，交代了故事发生的典型环境，大树显得诡谲，天空、土地很阴森，暗示着小说情节复杂，富于悬念。疏忽处是书脊字不显眼，在书架上不跳格。

《论章桂征的装帧艺术》

洋味十足的《叛逆的女人》

《叛逆的女人》的封面，是色块、直线、斜线的三重奏。两株树用梨形，和圆月呼应。桂征的文章做在环境的烘托上，而不在女人身上费笔墨。房子画得洋味十足，瓦上用色深深浅浅，节奏很妙，起到国画家点苔的作用。

《论章桂征的装帧艺术》

富有现代感的诗集封面

桂征设计的四本诗集，有现代感，放在一起，犹如一阕乐曲的四个章节。《山的恋歌》的封面，画了四座彩色的山，有旋转感、韵律感，歌意盎然。两只鸟儿比翼而飞，点出恋字。树的图案是北国风光，称得上大方明快。《星星恋》的封面，则取双星对语的寓意。耸拔的树使星星更接近人世间，耐人品味。《山泉与红叶》的封面，是就题作画，加上底色，便透出万山红透、一派锦绣的收获气息，把历代人悲秋的旧格打破了。飞泉湍急，并没有割裂画面。大片留白，拓宽了书面的体积。《春的四重奏》的封面，运笔洒脱，读画既久，如置身春天的原野中，蜂歌蝶舞，万树昭苏，色彩交叠，动中弥静，诗的情绪自然流露出来。

《论章桂征的装帧艺术》

大师不是没有缺点，但超越他们却很难

　　大师不是没有缺点，发现他们的缺点并不难，超越他们却很难。他们终生都在和自己的不足作斗争，才成为后学的榜样。中国的装帧艺术还年轻，桂征的艺术也在发展，愿他和时代一道前进、壮大，达到更高更完美的境界。

《论章桂征的装帧艺术》

只要出于真诚，说错了也不要紧

　　只要出于真诚，说错了也不要紧。作者和评论者都不是万能

的。金无足赤，更是常理。骆宾基先生的小说以细腻见长，有东北地方风采。早年看过他的《姜步畏家史》《北望园的春天》，很受感动。他近年又致力于古代文化研究，硕果满枝。《边陲线上》的封面用白底色，皎如雪原，几株剪纸的树，稚拙如儿童画，既和处女作相符，又展现出作家后来的成长，较有回味，还将林海雪原的地方特色溶入了画里。如果要求更高一些，三株树也可以缩小到只占书面的四分之一，让旷远的冰天雪地占据更多空间，潜台词会更丰富。

《论章桂征的装帧艺术》

银色用不好显得俗气，但与黑色相配，很厚重

通俗小说格调有高有低，流行时间或长或短，主要看书中反映的生活是否真实，形式上有无独创。桂征对于传奇的通俗读物，设计上同样全力以赴。例如《少帅传奇》的封面，沃野上的风云和沉思的背影，让人感受到历史的重担。四只鸟儿增强了寂寞的氛围，预示着一系列突变，引起了我们的悬念。银色用不好显得俗气，此画中银色块面虽大，但与庄重的黑色相配，变得很厚重。

《论章桂征的装帧艺术》

古今诗歌，赖富丽堂皇而传世者无几

有些书题不入画，内容也非画可以概括的，若放弃说明性的构思，用纯图案去装饰，同样能处理得很美。《中国古代文论家手册》的封面，用雄鸡、旭日来装点，鸡的画法近于剪纸和动画，色彩明亮，以淡衬浓。书名九个字，两行排列，没有被图案挤掉，且用白色写成，有素净之美。《民俗趣话》的封面用了太极图的一部分，黑得庄重，紫红色又很欢快，阴阳张弛，民间的节日气氛都出来了（过去鼓的当中皆绘太极图，节日多敲锣鼓庆祝）。那片黑色，上轻下重，显得稳妥。《古今诗坛》的封面无法用一张画来表达，如果从屈原、李白、杜甫、苏东坡画到当代名家，那是不可能的。现在用金底，上画一枝梅花图案，喜气洋洋，有民歌的味道。金与大红都是富丽堂皇的颜色，古今诗歌，赖富丽堂皇而传世者无几，现在这样设计，并不刺眼，正是他的成功之处。

《论章桂征的装帧艺术》

妈：我从阔险家的手中回来了儿到香港回到祖国欢呼归
（印面）

回来了

草书立轴·兰亭偶成

附录：钱君匋自传

我原名玉棠，亦名锦堂，从上海艺术师范学校毕业后改名君匋。原籍浙江海宁，住路仲镇，清光绪三十二年丙午除夕（1907年2月12日）出生于桐乡屠甸镇。幼小时候，喜欢看父母养蚕作茧，还有桑葚、蚕蛹可吃。后来父亲在家对门河沿租了房子，开一家竹器小铺，兼做民办信局，送信按路程远近收一些资费，还承接汇兑银票业务。我常常替父亲当小"邮差"，手勤脚快，收递从来不会错。父亲还有一条木船，每天自屠甸航行到硖石一个来回，既代办了汇兑，又能少量载货搭客，收些汇费、脚钱。这样勤勉，家境还是清贫。母亲养育我和四个弟妹，操持家务。她为人勤恳、心灵手巧，剪纸花、做纸金锭能独出心裁，非常精致，业务非常发达。母亲常喊："玉棠，帮我剪纸花。"我会模仿着静心地去做。在父母的教育下，从小养成做事认真细致的习性，无论和同伴做手工玩具，还是写字作画，

钱君匋（中）仿佛又回到童年

肯动脑钻研，学一样像一样。

自从退了私塾，进石泾初小读书，各门功课都很优异，三年级时跳了一级，升入高小，毕业后考入嘉兴第二中学。这时我迷恋绘画，影响其他课程，结果因为作文关系与老师起了争执，被校方除退，只好回家自学。

十六岁参加工作，到屠甸西面的桃园头当小学教师。乡村学堂非常简陋，全部教职员工只我一个人，几个班级学生合在一间屋里，乱糟糟的。我想办法布置作业和不时讲点故事，让课堂安静下来，逐班施教。县里来检查说："这样安静的课堂从来没有看见过，不错。"教了一学期，得钱作民老师介绍，到上海艺术师范见丰子恺老师，被允许免试入学。

我从吴梦非老师学图案，跟丰子恺老师学美术。丰老师是教务主任，很忙，也不教音乐，却让我听他拉小提琴，还告诉我只画画是不够的，可以学点其他课程。我就去跟刘质平老师学音乐。老师教课都很严格，我学得也很刻苦。三位老师教学风格不同：吴老师是很柔和的，"这个地方不对呀"，声音前绕后绕很好听的；丰老师是讲道理引导思考，不过时常讷讷冲不出口；刘老师则脾气急，弄不好给他抓起手来敲钢琴。我学乐理、学钢琴理解得快，一学就会，从没让老师敲过。学图案比较曲折。开始画来画去画不好，同寝室的同学陶元庆说："不是这样画法的，你弄错了。图案不同于自然画，要通过你的艺术想象加以变化……"我受了启发，飞快开动脑筋，一遍遍地"艺术想象"，反复勾勒"变化"，笔下几条波浪逐渐化解，成了像戏袍下摆海水生发一样，飞溅卷抛起来，浪峰之间交叉着转换方向，左右向分敷咖啡和青灰色，每个波浪中画一颗水珠，水珠是黑色的，两波浪之间的空隙安排像条鱼，水珠恰好成为鱼的眼睛。元庆一看，眼睛也亮了，说："你交上去，保证有高分好拿。"果然得了一百分。从此心领神会，大有长进。毕业作品上画的是一只兔子、一朵小花、一棵树，树上只有几片叶子。这幅图案后来印在开明书店出版的信笺上。美术课考试是到杭州即景写生。我先画"苏堤春晓"，因为老师已画过这个景色，相比之下差距明显。另画一幅"夕阳山色"

作为毕业卷子，得老师认可。钢琴考试不顺利，考试前上了同学的圈套，跟他掰手腕，结果手指掰坏了，琴键上跳出的音调硬邦邦的，先生摇头。等到手指恢复功能补考，才算过关。

每逢节假日，我总是到城隍庙去溜达，在旧书铺消磨半天。只要一本书里有一幅画或一篇文章，我认为好的，价钱还算便宜，就买下。书页破烂不要紧，自己动手修补。每次淘旧书店，总要买几本，回来仔细琢磨。跑书店成为我一项业余爱好。有些名家画册和碑帖价格昂贵，实在买不起，我借试看机会快速强记，回来笔录。那时店家待客讲究和气生财，买不买并不计较。去的次数多了，有时还搬凳子让坐着阅览，我真当作学习的好去处。

1925 年 7 月，我从上海艺术师范学校毕业，以后的两年里，辗转海宁、台州、杭州、诸暨的几个学校教课，任职时间都很短暂。杭州的浙江艺术专门学校，是我们几个同学集资办起来的，我教图案也是尽义务，再到其他学校兼点课。同在浙江艺专共事的同学沈秉廉、陈啸空、邱望湘和我，组织了"春蜂学会"，主要活动是创作抒情歌曲，我偏重作词，但也作曲。当时上海有个《新女性》月刊，我把歌曲寄给主编章锡琛，得到了发表，这就是第一首歌曲《你是离我而去了》，我作词，陈啸空作曲。章锡琛复信说："你们的歌曲非常好，希望每期寄一首来，我都给发表。"我们双方认真履约，一方努力创作，一方按期刊登。我们的歌曲是自己认为很有水平的，曲调动听，歌词新颖，格调比一般流行歌曲、通俗歌曲要高得多，这也是促成《新女性》销量上升，竟至供不应求的原因之一。后来《新女性》月刊扩大成为开明书店，章锡琛问我是否愿意到书店做事，我当然求之不得。进店后担任音乐美术编辑，包括书籍装帧，同事还有赵景深、索非等，连"章老板"才六个人。书店规模不大，坐落在宝山路宝山里，离商务印书馆不远。商务印书馆的人大都是章锡琛的老同事，有沈雁冰、周予同、杨贤江、胡愈之、钱智修、叶绍钧（叶圣陶）、郑振铎、顾均正、徐调孚等。他们惯常在下班后踱到开明书店海阔天空聊上一阵，"放松放松"。这些人当中，我年纪最小，刚二十出头。

商务印书馆没有专门搞书籍装帧的人，书籍、杂志的书面、插图都非常单调，见我能写能画很欣赏。先是周予同提议要我写一套铜模字，这工作量太大，难以承诺。沈雁冰就委托为《小说月报》画书面。接着《东方杂志》《妇女杂志》《教育杂志》《学生杂志》一个个接踵而来，总之最具影响的商务五大杂志都由我画了书面。同时，沈雁冰、鲁迅、胡愈之等作家的作品，也请我画了书面出版。这样一来，名声在外，要求画书面的越来越多，居然有光华、亚东、现代等几家书局抬出我的名字招揽出书，说："你的稿子由我们来出版，可帮你请钱君匋画书面。"当然，开明书店出版的书籍装帧，全部出自我的手。每次我将画好的书面送给章老板过目，他总是说"很好"，一锤敲定，从来没有给改动过。为沈雁冰、巴金等几位作家设计书面，他们都是谦和地说"满意满意"。一天，鲁迅先生到书店来，见我设计的《寂寞的国》《尘影》《春日》等几种书面，对我说："不错，设计得很好，受了一些陶元庆的影响是不是？但颇具你自己的风格，努力下去是

钱君匋夫妇沐浴在晚霞里

不会错的。"隔了一个月，陶元庆约我去鲁迅先生家拜访，话题转到书籍装帧上面，先生取出精美的汉代画像石拓本，逐一指点讲解，鼓励我们从这里借鉴，扩展装帧艺术构思。后来我在书籍装帧上注意突出民族风格和中国气派，如《古代的人》《中原的蛮族》《东方杂志》等书，运用汉唐画像技法来装帧。鲁迅先生称赞说，这是书籍装帧的一条道路，并把他自己的译作《艺术论》

《十月》《死魂灵》交给我装帧。

我是个想干一番事业的人，无论在文艺方面还是其他方面，都非常抓紧，每天工作、自学十二个小时以上。做事非常敏捷，既快又好，所以能在短短几年中画出一千多幅书籍装帧稿。比如今天约定完成三个书面，晚上我把书稿一翻，很快三个书面做了出来，大都是比较成功的。我兴趣广泛，学的门类不少，有书法、绘画、装帧、刻印、文学、诗词、歌曲、器乐，甚至还有儿童歌剧等，不是一般的涉猎，是深入探索，力求有所成就，这样就约束自己珍惜时间，从来不肯随便闲散。读书、办事或者生活起居，我喜欢安排得井井有条，不眉毛胡子一把抓。看到有些艺术家爱即兴挥洒，书籍、用品堆得桌上地上到处都是，杂乱无章，这个风范我不敢苟同。

文物收藏是我一大嗜好。什么东西到我手里都会井井有条地收藏好。我画过一千几百件书籍装帧，家里就保存五百多幅实样。在开明书店，每月工资二十三元，画一个书面稿酬十五元，求画的络绎不绝，所以收入比较多。这些钱除赡养父母、资助学生和日常花费外，就是收藏文物了，主要收购名人书画和印章，目的是借鉴、欣赏，提高自己的艺术修养。收藏文物几乎花去所有积蓄，但我宁愿节衣缩食，省下钱来扩充藏品。

开明书店的"章老板"很开明，书店同仁只要不耽误本职工作，可以外出兼职做事。我在唐山路澄衷中学兼课，在澄衷的宿舍里自己备有钢琴和留声机，时常练习或者作曲。同校小学部的级任老师陈学馨女士也爱好音乐，向我学钢琴。她是苏州第二女子师范毕业的，我们志趣相投，终于结成百年之好。1929年后，我再兼爱国女学、复旦大学、同济大学、浦东中学的音乐、美术课，教课负担重了就辞去书店工作。担任开明书店编辑共七年，编过不少书，仅丰子恺老师的音乐书籍就有多本。我自己也出了《摘花》《金梦》《夜曲》等抒情歌曲集及《小学校音乐集》、新诗集《水晶座》等。抗日战争前两年又兼神州国光社编辑，出版了《美术丛书》第四集，完成了黄宾虹先生没有做完的工作。

"八一三"淞沪抗战爆发，全家退到家乡屠甸。日本军队登陆金山卫，我们又往内地撤退，到过长沙、汉口、广州、香港，都不是长久之计，第二年夏天还是回到"孤岛"的上海。我与友人李楚材、陈恭则几个人商量，怎样为抗战做点宣传工作？商定合伙创办万叶书店，在海宁路咸宁里挂出招牌，我被推为经理兼总编。开张初期资金短缺，我们以赊欠方式出版《小学生活页歌曲选》《儿童画册》，经营各种小学校用书，一步步打开局面，然后出版《文艺新潮》月刊和《文艺新潮小丛书》，又出版大后方和抗日根据地的文艺新作《第一年》《第二年》等进步书籍，宣传抗日真理。万叶书店的积极行动被当局察觉，我遭到传讯，压力很大。但是我们不改初衷，营业反而蒸蒸日上。到抗战末期，万叶书店发展为股份有限公司，形成规模可观的出版企业。

抗日战争胜利后，我将万叶书店办成中国独一无二的音乐专业出版社，不仅出版完整的音乐体系书籍，还着力翻译大量西洋音乐理论、传记。新中国建立后，合并教育书店和上海音乐出版社，易名为"新音乐出版社"，我任总编。两年后迁北京，与中国音乐家协会合营,改名"音乐出版社",即人民音乐出版社的前身,我任副总编。1956年我被借调回上海,筹办上海音乐出版社并任总编。不到两年,上海音乐出版社撤销,并入上海文艺出版社,我改任编审。解放初期,出版物比照苏联办法,稿费很高,我有比较充裕的积蓄购买文物,收藏日渐丰富,其中仅赵之谦、吴昌硕和黄士陵印章就分别有百数十方之多,还在不断增加。后来,上海音乐学院在所写的《中国现代音乐史》征求稿上,对我和其他几位同行作了不公正的评论,使我难以接受,再加上社会活动甚多,无暇创作音乐,只得放弃音乐出版工作,挂名休闲了。

"文化大革命"中我被当作革命对象,遭受"抄家"、批斗、扫地出门、关"牛棚"、监督劳动,直到当臭老九挂起来。家被抄两次。"抄家"时,挖墙洞、撬地板,实施彻底搜掠。眼见鲁迅先生给我的亲笔信札将被掳去,又要把齐白石、于右任、吴湖帆等人的作品撕毁或焚烧,我心痛至极。万叶书店是由我和夫人陈学謩一起投入全部精力财力创办的,为了这段经历,她也招来麻烦。公私合营后她搞出版社工会工作,运动一来就剥夺了她正常工作权利,之后只好退职了。这时我们被驱住在一间斗室里。枯守四壁让时光自流,我心有不甘。于是默默奏刀,镌刻成一套《鲁迅印谱》。不料造反派们突然搜查,指斥我是"借鲁迅之名为自己树碑",不由分说攫夺而去,留下"勒令",叫我到单位写检查。检查写了整整一百天,其实是变相扣押,剥夺我创作权利。尽管坎坷不断,我回家后决意再刻,费好长一段时间刻成第二套《鲁迅笔名印谱》。两套印谱共三百六十六方,它和我其他许多作

在嘉兴南湖

品一样，每一件每一方，每一笔每一刀，都是用心血和意志磨砺
创作出来的。我天赋不算高，靠的是勤学苦练求长进。上海艺师
毕业时，写封求职信文理还不很通顺，有错别字。丰老师看后劝
我多读书迎头赶上。于是发愤苦读，先把一本学生字典通读背熟，
然后博览群书，一年之后能写歌词；再后，新诗集《水晶座》、
散文集《素描》陆续出版。常年艰辛自学的个中滋味，只有自己
深切感受。推及书画篆刻，无一不是以脑汁和汗水换取点滴进步，

从来没有一蹴而就的好运气。

"四人帮"垮台后，云开雾散。在落实政策中被抄文物半数得发还，还有部分精品说是有待寻找，其实已渺茫不可追寻。我想到这些劫后余生的文物，今后怎样保存和应用。我夫人和儿辈一致赞同全部捐献给国家。经过沟通，桐乡县果断在梧桐镇建立君匋艺术院，聘我担任院长，收藏捐赠的文物。君匋艺术院将办成文物收藏库、艺术研究馆、讲学传授院，这很合我心意。几十年来的藏品，终究有了妥善的归宿。

我担任过几届上海市政协委员，上海市文联委员、中国美协上海分会常务理事、中国书协上海分会名誉理事、上海市出版工作者协会理事、中国音协会员、华东师范大学艺术系教授、杭州西泠印社副社长。1956 年参加民盟。1979 年 10 月被聘为上海市文史馆馆员。20 世纪 80 年代以来，我在北京、上海、香港、日本、新加坡等地举办过个人作品展，出版了《钱君匋论艺》《钱君匋作品集》《君匋印选》《中国玺印漂流》《钱君匋篆刻选》《钱君匋印存》《长征印谱》《鲁迅印谱》《鲁迅笔名印谱》《茅盾印谱》《钱君匋刻长跋巨印选》《钱君匋精品印选》《春梦痕》《恋歌三十七首》《冰壶韵墨》《钱君匋书画选》《君匋书籍装帧艺术选》《钱君匋装帧艺术》《君匋艺术院藏印集》《瓦当汇编》及《书衣集》等。从艺七十多年来的经历和成就，承师友同好盛情，写下许多篇章介绍，甚至日本朋友为我写了传略。这些文章叙述我的长处是很详尽的，大都选刊在君匋艺术院丛书之四——《钱君匋的艺术世界》中。

　　我有三个儿子：大绪、正绪和茂绪，都在美国。1987 年夏，我偕夫人应邀到美国华盛顿大学、斯坦福大学讲学，顺道探亲访友，游览西雅图、旧金山及加拿大的温哥华几个城市。有幸得到著名眼科专家麦根推尔大夫为我手术，摘除了双目白内障。麦大夫钦慕中华传统艺术，愿结友谊，免收一切费用，只受我创作的国画一幅留念。

　　记得我在二十三岁时发表过一首白话短诗：

　　　　我不想在你眼前瞒过，

　　　　颤动的爱的心。

　　　　倘这枝青葱的爱苗没有秋霜似的意外的打击，

　　　　也没有冬雪似的不测的摧残，

　　　　它将茂密成荫，

　　　　庇护着整个的你而永勿凋谢。

　　　　青春将在你的笑涡里打滚，

　　　　也永无衰老之日。

　　今年我八十七岁，精神饱满，生活有规律，每天作书作画笔耕不止，刻刀下还想求寸进。感觉艺术青春常在，"永无衰老之日"。前不久我还写过两首诗：

　　　　沐雨披风七十年，一番耕作一重天。

　　　　翠晴倍觉澄秋艳，敢为浮名偶歇肩？

从艺春深思渺然，时亲笔砚得天年。

冲开旧我成新法，哪计时人笑我癫。

表露了我不甘现状、再攀艺术高峰的气概。

（原载《上海市文史研究馆馆员传略〔四〕》，
1993年10月内部出版）

图书在版编目（CIP）数据

别出心裁 / 钱君匋著；钟桂松编 . —上海：上海
三联书店，2020.11
（大家讲述）
ISBN 978-7-5426-7176-9

Ⅰ．①别… Ⅱ．①钱… ②钟… Ⅲ．①散文集 – 中国
– 当代 Ⅳ．① I267

中国版本图书馆 CIP 数据核字（2020）第 169384 号

别出心裁

著　　者／钱君匋
编　　者／钟桂松
责任编辑／程　力
特约编辑／唐　棣
装帧设计／鹏飞艺术　周　丹
监　　制／姚　军
出版发行／上海三联书店
　　　　　（200030）中国上海市漕溪北路 331 号 A 座 6 楼
印　　刷／三河市中晟雅豪印务有限公司
版　　次／2020 年 11 月第 1 版
印　　次／2020 年 11 月第 1 次印刷
开　　本／640×960　1/16
字　　数／74 千字
印　　张／14

ISBN 978-7-5426-7176-9/I・1659

定　价：39.80元